U0670172

朱湘经典作品集

朱湘 著

花山文艺出版社

河北·石家庄

图书在版编目（ＣＩＰ）数据

朱湘经典作品集 / 朱湘著. -- 石家庄 ： 花山文艺
出版社，2018.4（2024.6 重印）
ISBN 978-7-5511-3883-3

Ⅰ．①朱… Ⅱ．①朱… Ⅲ．①散文集－中国－现代②
诗集－中国－现代 Ⅳ．①I216.2

中国版本图书馆CIP数据核字(2018)第048928号

书　　名：**朱湘经典作品集**
ZHU XIANG JINGDIAN ZUOPIN JI

著　　者：朱　湘

策　　划：张采鑫
责任编辑：于怀新
特约编辑：李文生
装帧设计：北京九洲鼎图书有限公司
美术编辑：王爱芹
出版发行：花山文艺出版社（邮政编码：050061）
　　　　　（河北省石家庄市友谊北大街330号）
销售热线：0311-88643299/96/17
印　　刷：三河市中晟雅豪印务有限公司
经　　销：新华书店
开　　本：710mm×1000mm　1/16
印　　张：9.75
字　　数：105千字
版　　次：2018年6月第1版
　　　　　2024年6月第3次印刷
书　　号：ISBN 978-7-5511-3883-3
定　　价：49.80元

（版权所有　翻印必究·印装有误　负责调换）

中国的济慈。

——鲁　迅

英国的济慈是不死的，中国的济慈（朱湘）也是不死的。

——罗念生

序

　　中华人民共和国成立几十年来，语文教学实现了由"语文教学大纲"到"语文课程标准"再到"语文核心素养"的三级跳远。如果说"语文教学大纲"解决了森林的每棵树是什么的问题，那么，"语文课程标准"就解决了由树成林的整体观是什么样子的问题，而"语文核心素养"则解决了树如何成林、成林后有什么用处的大问题。

　　在"语文教学大纲"时代，传递一个一个的知识点是教学的重要任务，于是文章里的知识点在课堂上被一一讲解，学生虽掌握了知识点却难免"只见树木不见森林"。"语文课程标准"的颁布实施，让语文教学前进了一大步，真正把语文教学放在"课程"里整体思考，整体设计教学思路，将知识、能力、情感、态度、价值观融为一体统筹安排，但其终极目标还不够清晰。"语文核心素养"是在全面落实"立德树人"教育目标下提出来的，旨在通过语文自有的教育功能为当代合格青少年的成长过程提供必要的养料和条件。

　　什么是"语文核心素养"？北京师范大学资深教授王宁认为，语文核心素养是学生在积极主动的语言实践活动中构建起来，并在真实的语言运用情境中表现出来的个体语言经验和言语品质；是学生在语文学习中获得的语言知识与语言能力、思维方法和思维品质，是基于正确的情感、态度和价值观的审美情趣和文化感受能力的综合体现。简言之，语文核心素养包含四个关键词，即语言、思维、审美和文化。

　　我们为什么要阅读经典，如何阅读经典，它和语文核心素养的养成有什么关系？

我们可以站在阅读经典这个制高点上，去回首我们的过去的经历，评判我们的得失；也可以以更加开阔的视野瞭望世界，"极目楚天舒"。这说明"读什么"比"怎么读"更为重要。

　　中外经典繁多。中国古代文学是一座宝库，但阅读它们需要掌握一定的知识和能力，需要有适合的导读和引领。中国现代文学离我们不太遥远，其所处时代的特殊性给我们的阅读提供了多种可能性。因此，在几年前"经典阅读与中学语文教学"课题被中国教育学会中学语文教学专业委员会批准立项时，课题组就锁定中国现代文学经典作为研究对象。这些经典，不仅有20世纪二十至四十年代冲破铁屋子的呐喊、落后与苦难下的坚守、民族存亡的抗争，也有中华人民共和国成立的喜悦和人民投身火热建设中的豪情，作品中表现的家国情怀无不令人动容。通过阅读这些经典，学习作家们的语言运用技巧，以积累好词好句，提升自己的语言建构与运用能力；学习作家们批判与发现的精神，以促进自己的思维发展与提升；学会欣赏和评价作家们的作品，以培养自己的审美鉴赏与创造能力；学习作家们对中外文化的包容、借鉴、继承，以加强自己对文化的传承与理解。

　　最后借用我国著名作家王蒙先生的话与读者共勉：读书的亮点在于照亮生活，生活的亮点包括积累智慧与学问。生活与读书是互见、互证、互相照耀的关系。用脑阅读，用心阅读！用阅读攀登精神的高峰！

目录

万里长空都是供我
飞的，崇高的情绪
泛滥了我的心池。

京中的胡同有一点
最引人注意，这便
是名称的重复。

但欲雨的阴天我最爱了：它清如玉摩诘的五言律诗，它是一块凉润的灰壁……

诗
歌

短诗（七首）

笼 鸟 歌

我久废的羽翼复感到晨飙，

五彩的朝云在我身边后驰；

万里长空都是供我飞的，

崇高的情绪泛滥了我的心池。

爆 竹

跳上高云，

惊人的一鸣；

落下尸骨，

羽化了灵魂。

夏 夜

时起凉风，

野草香飘来鼻中；

白光电幕，

抽于灰色的天空。

雨 前

等得不耐烦了，

蕉叶微微摆动；

　几只蜻蜓，

低飞过庭院中。

夏 院

　上面是天，

酪色的闲云滑行；

　下面有蜂，

躲过寻蜜的呼声。

秋

宁可死个枫叶的红，

　灿烂的狂舞天空，

去追向南飞的鸿雁，

　驾着万里的长风！

当 铺

美开了一家当铺，

专收人的心；

到期人拿票去赎，

它已经关门！

少 年 歌

我们是小羊，

跳跃过山坡同草场，

提起嗓子笑，

撒开腿来跑：

活泼是我们的主张。

我们是山泉，

白云中流下了高岸；

谁作泾的浊？

流成渭的清，

才不愧我们的真面。

我们恨暮气，

恨一切衰朽的东西。

我们要永远

热烈同勇敢，

直到死封闭起眼皮。

我们是新人，

我们要翻一阕新声。

来啊，搀起手，

少年歌在口，

同行入灿烂的前程！

催　妆　曲

醒呀，从睡乡醒回，

晨鸡声呖呖在相催。

看呀，鸽子起来了。

她们在碧落里翻飞。

霞织的五彩衣裳

悬挂在弯弯月钩上；

日神也捧着金镜，

等候你起来梳早妆。

画眉在杏枝上歌：

画眉人不起是因何？

远峰尖滴着新黛，

正好蘸来描画双蛾。

杨柳的丝发飘扬，

她对着如镜的池塘；

百花是熏沐已毕，

她们身上喷出芬芳。

起呀！趁草际珠垂，

春莺儿衔了额黄归，

赶快拿妆梳理好。

起呀！鸡声都在相催！

月　游

我骑着流星，
度过虹桥与天河，
向月宫走近，
想瞧不老的嫦娥。

水晶的宫殿
关闭着两扇红门。
有一棵桂树，
绿叶中漏下清芬。

园里梅树下
一只兔子在捣霜：
白蓬香气内
群鹅飘过了池塘。

妙龄的宫女
还记得杨家玉环，
霓裳羽衣曲，
悠扬在宫殿中间。

老仆叫吴刚，

白须直垂到胸口；

他管修树枝，

一柄斧常拿在手。

他问知来意，

将我引进了深宫；

在白玉座前，

我见了她的面容。

她不愁寒冷，

身披白狐的裘衣。

夏天餐百合，

冬天拿松子充饥。

我呈上赘仪，

这些是海里所藏：

大珠从龙颔，

小珠从鲛人眼眶；

我呈上赘仪，

这些是山中所拿：

银花鹿的皮，

还有麝香与象牙；

我呈上赆仪，

这些是地上所搜：

珍珠梅，碧桃，

木笔，梨花，与绣球。

我向她问道：

要是你不嫌啰唆，

我情愿晓得

你避太阳是为何？

太阳是金乌，

九只里唯它独存，

它背着后羿，

在我的后面紧跟。

我又向她问，

月亮圆缺的理由。

圆的是妆镜，

弯的是白玉帘钩。

她赠我月季，

花比美人还娇艳；

她赠我月饼，

霜作皮冰糖作馅。

象牙雕的车，

车前是一对绵羊，

是她送我的，

让我坐着回故乡。

我行过雪山，

行过冰川与云壑。

像一条白龙

瀑布从峰头坠落。

我的车翻了！

滑进了瀑流中间！

我忽然惊醒，

月光恰落在床前。

光明的一生

我与光明一同到人间，

光明去了时我也闭眼：

光明常照在我的身边。

太阳升上时我已起床，

我跟它落进睡眠的浪：

太阳照我在生动中央。

圆月在夜里窥于窗隙，

缺月映着坟上草迷离：

月光照我一生的休息。

夜　　歌

唱一支古旧，古旧的歌……
朦胧的，在月下．
回忆，苍白着，远望天边
不知何处的家……

说一句悄然，悄然的话……
有如漂泊的风，
不知怎么来的，在耳语，
对了草原的梦……

落一滴迟缓，迟缓的泪……
与露珠一样冷，
在衣襟上，心坎上，不知
何时落的，无声……

美　丽

美丽把装束卸下了，镜子

知道它可是真的，还是谎；

他对着灵魂，照见了真相，

照不见"善""恶"——人造的名字。

不响，成天里他只深思

又深思——平坦在他的面上。

还有冷静，明白；不是往常

那些幻影，与他们的美疵。

棹　歌

水　心

仰身呀桨落水中，对长空；俯首呀双桨如翼，鸟凭风。

头上是天，水在两边，更无障碍当前。

白云驶空，鱼游水中，快乐呀与此正同。

岸　侧

仰身呀桨落水中，对长空；俯首呀双桨如翼，鸟凭风。

树有浓荫，葭苇青青，野花长满水滨。

鸟啼叶中，鸥投苇丛，蜻蜓呀头绿身红。

风　朝

仰身呀桨落水中，对长空；俯首呀双桨如翼，鸟凭风。

白浪扑来，水雾拂腮，天边布满云霾。

船晃的凶，快往前冲，小心呀翻进波中。

雨　天

仰身呀桨落水中，对长空；俯身呀双桨如翼，鸟凭风。

雨丝像帘，水涡像钱，一片白色的烟。

雨势偶松，暂展朦胧，瞧见呀青的远峰。

春　波

仰身呀桨落水中，对长空；俯身呀双桨如翼，鸟凭风。

鸟儿高歌，燕儿掠波，鱼儿来往如梭。

白的云峰，青的天空，黄金呀日色融融。

夏　荷

仰身呀桨落水中，对长空；俯身呀双桨如翼，鸟凭风。

荷花的香，缭绕船旁，轻风飘起衣裳。

菱藻重重，长在水中，双桨呀欲举无从。

秋　月

仰身呀桨落水中，对长空；俯身呀双桨如翼，鸟凭风。

月在上飘，船在下摇，何人远处吹箫。

芦荻丛中，吹过秋风，水蚓呀应着寒蛩。

冬　雪

仰身呀桨落水中，对长空；俯身呀双桨如翼，鸟凭风。

雪花轻飞，飞满山隈，飞上树枝上垂。

到了水中，它却消融，绿波呀载过渔翁。

春　歌

不声不响的认输了，冬神

收敛了阴霾，休歇了凶狠……

嘈嘈的，鸟儿在喧闹——

一个阳春哪，要一个阳春！

水面上已经笑起了一涡纹；

已经有蜜蜂屡次来追问……

昂昂的，花枝在瞻望——

一片瑞春哪，等一片瑞春！

好像是飞蛾在焰上成群，

剽疾的情感回旋得要晕……

纠纠的，人心在颤抖——

一次青春哪，过一次青春！

昭 君 出 塞

琵琶呀伴我的琵琶：

趁着如今人马不喧哗，

　　只听得啼声嗒嗒，

我想凭着切肤的指甲

　　弹出心里的嗟呀。

琵琶呀伴我的琵琶：

这儿没有青草发新芽，

　　也没有花枝低丫；

在敕勒川前，燕支山下，

　　只有冰树结琼花。

琵琶呀伴我的琵琶：

我不敢瞧落日照平沙，

　　雁飞过暮云之下，

不能为我传达一句话

　　到烟霭外的人家。

琵琶呀伴我的琵琶：

记得当初被选入京华，

　常对着南天悲咤，

哪知道如今去朝远嫁，

　望昭阳又是天涯。

琵琶呀伴我的琵琶：

你瞧太阳落下了平沙，

　夜风在荒野上发，

与一片马嘶声相应答，

　远方响动了胡笳。

雨　景

我心爱的雨景也多着呀：

春夜春梦时窗前的淅沥；

急雨点打上蕉叶的声音；

雾一般拂着人脸的雨丝；

从电光中泼下来的雷雨——

但将雨时的天我最爱了。

它虽然是灰色的却透明；

它蕴着一种无声的期待。

并且从云气中，不知哪里，

飘来了一声清脆的鸟啼。

有　忆

淡黄色的斜晖
转眼中不留余迹。
一切的扰攘皆停，
一切的喧嚣皆息。

入了梦的乌鸦
风来时偶发喉音；
和平的无声晚汐，
已经淹没了全城。

路灯亮着微红，
苍鹰飞下了城堞，
在暮烟的白被中
紫色的钟山安歇。

寂寥的街巷内，
王侯大第的墙阴，
当的一声竹简响，
是卖元宵的老人。

散

文

衚　　衕

　　我曾经向子惠说过，词不仅本身有高度的美，就是它的牌名，都精巧之至。即如《渡江云》《荷叶杯》《摸鱼儿》《真珠帘》《眼儿媚》《好事近》这些词牌名，一个就是一首好词。我时常翻开词集，并不读它，只是拿着这些词牌名慢慢地咀嚼。那时我所得的乐趣，真不下似读绝句或是嚼橄榄。京中胡同的名称，与词牌名一样，也常时在寥寥的两三字里面，充满了色彩与暗示，好像龙头井、骑河楼等名字，它们的美是毫不差似《夜行船》《恋绣衾》等词牌名的。

　　胡同是衚衕的省写。据文字学者说，是与上海的弄一同源自巷字。元人李好古作的《张生煮海》一曲之内，曾经提到羊市角头砖塔儿衚衕，这两个字入文，恐怕要算此曲最早了。各胡同中，最为国人所知的，要算八大胡同；这与唐代长安的北里，清末上海的四马路的出名，是一个道理。

　　京中的胡同有一点最引人注意，这便是名称的重复：口袋胡同、苏州胡同、梯子胡同、马神庙、弓弦胡同，到处都是，与王麻子、乐家老铺之多一样，令初来京中的人，极其感到不便，然而等我们知道了口袋胡同是此路不通的死胡同，与"闷葫芦瓜儿"，"蒙福禄馆"是一件东西。苏州胡同是京人替住有南方人不管他们的籍贯是杭州或是无锡的街巷取的名字。弓弦胡同是与弓背胡同相对而定的象形的名称，以后我们便会觉得这些名字是多么有色彩，是多么胜似纽约的那些平调的什么 Fifh Avenue, Fourteenth

Street，以及上海的侮辱我国的按通商五口取名的什么南京路、九江路。那时候就是被全国中最稳最快的京中人力车夫说一句："先儿，你多给两子儿"，也是得偿所失的。尤其是苏州胡同一名，它的暗示力极大。因为在当初，交通不便的时候，南方人很少来京，除去举子；并且很少住京，除去京官。南边话同京白又相差的那般远，也难怪那些生于斯、卒于斯、眼里只有北京、耳里只有北京的居民，将他们聚居的胡同，定名为苏州胡同了。（苏州的土白，是南边话中最特彩的；女子是全国中最柔媚的。）梯子胡同之多，可以看出当初有许多房屋是因山而筑，那街道看去有如梯子似的。京中有很多的马神庙，也可令我们深思，何以龙王庙不多，偏多马神庙呢？何以北京有这么多马神庙，南京却一个也不见呢？南人乘舟，北人乘马，我们记得北京是元代的都城，那铁蹄直踏进中欧的鞑靼，正是修建这些庙宇的人呢！燕昭王为骏骨筑黄金台，那可以说是京中的第一座马神庙了。

京中的胡同有许多以井得名。如上文提及的龙头井以及甜水井、苦水井、二眼井、三眼井、四眼井、井儿胡同、南井胡同、北井胡同、高井胡同、王府井等，这是因为北方水分稀少，煮饭、烹茶、洗衣、沐面，水的用途又极大，所以当时的人，用了很笨缓的方法，凿出了一口井之后，他们的快乐是不可言状的，于是以井名街，纪念成功。

胡同的名称，不特暗示出京人的生活与想象，还有取灯胡同、妞妞房等类的胡同。不懂京话的人，是不知何所取意的。并且指点出京城的沿革与区分：羊市、猪市、骡马市、驴市、礼士胡同、菜市、缸瓦市，这些街名之内，除去猪市尚存旧意之外，其余的都已改头换面，只能让后来者凭了一些虚名来悬拟当初这几处地方的情形了。户部街、太仆寺街、兵马司、缎司、銮舆卫、织机卫、细砖厂、箭厂，谁看到了这些名字，能不联想起那辉煌的过去，而感觉一种超现实的兴趣？

黄龙瓦、朱垩墙的皇城，如今已将拆毁尽了。将来的人，只好凭了皇城根这一类的街名，来揣想那内城之内、禁城之外的一圈皇城的位置吧？那丹青照耀的两座单牌楼呢？那形影深嵌在我童年想象中的壮伟的牌楼呢？它们哪里去了？看看那驼背龟皮的四牌楼，它们手拄着拐杖，身躯不支的，不久也要追随早夭的兄弟于地下了！

破坏的风沙，卷过这全个古都，甚至不与人争韬声匿影如街名的物件，都不能免于此厄。那富于暗示力的劈柴胡同，被改作辟才胡同了；那有传说作背景的烂面胡同，被改作缅缦胡同了；那地方色彩浓厚的蝎子庙，被改作协资庙了。没有一个不是由新奇降为平庸，由优美流为劣下。狗尾巴胡同改作高义伯胡同，鬼门关改作贵人关，勾栏胡同改作钩帘胡同，大脚胡同改作达教胡同：这些说不定都是巷内居者要改的，然而他们也未免太不达教了。阮大铖住南京的裤裆巷，伦敦的 Botten Row 为贵族所居之街，都不曾听说他们要改街名，难道能达观的只有古人与西人吗？内丰的人，外啬一点，并无轻重。司马相如是一代的文人，他的小名却叫犬子。《子不语》书中说，当时有狗氏兄弟中举。庄子自己愿意为龟。颐和园中慈禧太后居住的乐寿堂前立有龟石。古人的达观，真是值得深思的。

打 弹 子

打弹子最好是在晚上。一间明亮的大房子，还没有进去的时候，已经听到弹子相碰的清脆声音。进房之后，看见许多张紫木的长台平列排着，鲜红的与粉白的弹子在绿色的呢毯上滑走，整个台子在雪亮的灯光下照得无微不见，连台子四围上边嵌镶的菱形螺钿都清晰的显出。许多的弹竿笔直的竖在墙上。衣钩上面有帽子，围巾，大氅。还有好几架钟，每架下面是一个算盘——听哪，答拉一响，正对着门的那个算盘上面，一下总加了有二十开外的黑珠。计数的伙计一个个站在算盘的旁边。

也有伙计陪着单身的客人打弹子。这样的伙计有两种，一种是陪已经打得很好的熟客打，一种是陪才学的生客打。陪熟客打的，一面低了头运用竿子，一面向客人嘻嘻笑地说：“你瞅吧！这竿儿再赶不上你，这碗儿饭就不吃啦！”陪生客打的，看见客人比了大半天，竿子总抽上了有十来趟，归要还是打在第一个弹子的正面就不动了，他看着时候，说不定心里满觉得这位客人有趣，但是脸上绝不露出一丝笑容，只随便的带说一句，“你这球要低竿儿打红奔白就得啦。”

打弹子的人有穿灰色爱国布罩袍的学生，有穿藏青花呢西服的教员，有穿礼服呢马褂淡青哔叽面子羊皮袍的衙门里人。另有一个，身上是浅色花缎的皮袍，左边的袖子掳了起来，露出细泽的灰鼠里子，并且左手的手指上还有一只耀目的金戒指。这想必是富商的儿子吧。这些人里面，有的面呈微笑，正打眼着"眼镜"。有的把竿子放去背后，做出一个优美的姿势来送它。有的这竿已经有了，右掌里握着的竿子从左手手面上顺溜的滑过去，打的人的身子也跟着灵动扭过，再准备打下一竿。

"您来啦！您来啦！"伙计们在我同子离掀开青布棉花帘子的时候站起身，来把我们的帽子接了过去。"喝茶？龙井，香片？"

弹子摆好了，外面一对白的，里面一对红的。我们用粉块擦了一擦竿子的头，开始游戏了。

这些红的、白的弹子在绿呢上无声的滑走，很像一间宽敞的厅里绿毡毹上面舞蹈着的轻盈的美女。她披着鹅毛一样白的衣裳，衣裳上面绣的是金线的牡丹，柔软的细腰上系着一条满缀宝石的红带，头发扎成一束披在背后，手中握着一对孔雀毛，脚上穿的是一双红色的软鞋。脚尖矫捷地在绿毡毹上轻点着，一刻来了厅的这方，一刻去了厅的那方，一点响声也听不出，只偶尔有衣裳的窸窣，环佩的叮当，好像是替她的舞蹈按着拍子一样。

这些白的、红的弹子在绿呢上活泼的驰行，很像一片草地上有许多盛服的王孙公子围着观看的一双斗鸡。它们头顶上戴的是血一般红的冠。它们弯下身子，拱起颈，颈上的一圈毛都竦了起来，尾巴的翎毛也一片片张开。它们一刻退到后头，把身体蜷伏起来，一刻又奔上前去，把两扇翅膀张开，向敌人扑啄。四围的人看得呆了，只在得胜的鸡骄扬叫出的时候，他们才如梦初醒，也跟着同声的欢呼起来。

弹子在台上盘绕，像一群红眼珠的白鸽在蔚蓝的天空上面飘扬。弹子在台上旋转，像一对红眼珠的白鼠在方笼的架子上面翻身。弹子在台上溜行，像一只红眼珠的白兔在碧绿的草原上面飞跑。

还记得是三年前第一次跟了三哥学打弹子，也是在这一家。现在我又来这里打弹子了，三哥却早已离京他往。在这种乱的时世，兄弟们又要各自寻路谋生，离合是最难预说的了；知道还要多少年，才能兄弟聚首，再品一盘弹子呢？

正这样想着的时候，看见一对夫妇，同两个二十左右的女子，带着三个小孩子，一个老妈子，进来了球房：原来是夫妻俩来打弹子的。他们开盘以后，小孩子们一直站在台子旁边看热闹，并且指东问西，嘴说手画，兴头之大，真不下似当局的人。问的没有得到结果的时候，还要牵住母亲的裙子或者抓住她的弹竿唠叨的尽缠：被父亲呵了几句，才暂时静下一刻，但是不到多久，又哄起来了。

事情凑巧：有一次轮到父亲打，他的白球在他自己面前，别的三个都一齐靠在小孩子们站的这面的边上，并且聚拢在一起，正好让他打五分的；哪晓得这三个孩子看见这些弹子颜色鲜明得可爱，并且圆溜溜的好玩，都伸出双手踮起脚尖来抢着抓弹子；有一个孩子手掌太小，一时抓不起弹子来，他正在抓着的时候，父亲的弹子已经打过来了，手指上面打中一下，痛得呱呱大哭起来。老妈子看到，赶紧跑过来把他抱去了茶几旁边，拿许多糖果哄他止哭。那两个孩子看见父亲的神气不对，连忙双手把弹子放回原处，也悄悄地偷回去茶几旁边坐下了。母亲连忙说，"一个孩子已经够嚷的啦。咱们打球吧。"父亲气也不好，不气也不好，狠狠地盯了那两个孩子一眼，盯得他们在椅子上面直扭，他又开始打他的弹子了。

在这个当儿，子离正向我谈着"弹子经"。他说："打得妙的时候，一竿子可以打上整千；"他看见我的嘴张了一张，连忙接着说下："他们工夫到家的妙在能把四个球都赶上一个台角里边去，而后轻轻地慢慢地尽碰。"我说："这未免太不'武'了！大来大往，运用一些奇兵，才是我们的本色！"子离笑了一笑，不晓得他到底是赞成我的议论呀还是不赞成。其实，我自己遇到了这种机会的时候，也不肯轻易放过，所惜本领不高，只能连个几竿罢了。

我们一面自己打着弹子，一面看那对夫妇打。大概是他们极其客气。两人都不愿占先的缘故，所以结果是算盘上的黑珠有百分之八十都还在右头。我向四围望了一眼，打弹子的都是男人，女子打的只这一个，并且据我过去的一点经验而言，女子上球房我这还是第一次看见。我想了一想，不觉心里奇怪起来："女子打弹子，这是多么美的一件事！毡毺的平滑比得上她们肤容的润泽，弹竿的颀长比得上她们身段的苗条；弹子的红像她们的唇，弹子的白像她们的脸；她们的眼珠有弹丸的流动，她们的耳珠有弹丸的匀圆。网球在女界通行了，连篮球都在女界通行了，为什么打弹子这最美的、最适于女子玩耍的，最能展露出她们身材的曲线美的一种游戏反而被她们忽视了呢？"哪晓得我这样替弹子游戏抱着不平的时候，反把自己的事情耽误了，原来我这样心一分，打得越坏，一刻工夫已经被子离赶上去半趟，总共是多我一趟了。

现在已经打了很久了，歇下来看别人打的时候，自家的脑子里面都是充满着角度的纵横的线。我坐在茶几旁边，把我的眼睛所能见到的东西都拿来心里面比量，看要用一个什么角度才能打着。在这些腹阵当中，子离口噙的烟斗都没有逃去厄难。有一次我端起茶杯来的时候曾经这样算过："这茶杯作为我的球，高竿，薄球，一定可以碰茶壶，打到那个人头上的小瓜皮帽子。不然，厚一点，就打对面墙上那架钟。"

　　钟上的计时针引起了我的注意，现在时间已经不早了。我向子离说，"这个半点打完，我们走吧。"

　　"三点！一块找！要辅币！手巾！……谢谢您！您走啦！您走啦！"

　　临走出球房的时候，听到那一对夫妻里面的妻子说，"有啦！打白碰到红啦！"丈夫提出了异议。但是旁边的两个女郎都帮她，"嫂嫂有啦！哥哥别赖！"

北 海 纪 游

　　九日下午，去北海，想在那里作完我的《洛神》，呈给一位不认识的女郎；路上遇到刘兄梦苇，我就变更计划，邀他一同去逛一天北海。那里面有一条槐树的路，长约四里，路旁是两行高而且大的槐树，倚傍着小山，山外便是海水了；每当夕阳西下清风徐来的时候，到这槐荫之路上来散步，仰望是一片凉润的青碧，旁观是一片渺茫的波浪，波上有黄白各色的小艇往来其间，衬着水边的芦荻，路上的小红桥，枝叶之间偶尔瞧得见白塔高耸在远方，与它的赭色的塔门，黄金的塔尖，这条槐路的景致也可说是兼有清幽与富丽之美了。我本来是想去那条路上闲行的，但是到的时候天气还早，我们就转入濠濮园的后堂暂息。

　　这间后堂傍着一个小池，上有一座白石桥，池的两旁是小山，山上长着柏树，两山之间竖着一座石门，池中游鱼往来，间或有金鱼浮上。我们坐定之后，谈了些闲话，谈到我们这一班人所作的诗行由规律的字数组成的新诗之上去。梦苇告诉我，有许多人对于我们的这种举动大不以为然，但同时有两种人，一种是向来对新诗取厌恶态度的人，一种是新诗作了许久与我们悟出同样的道理的人，他们看见我们的这种新诗以后，起了深度的同情。后来又谈到一班作新诗的人当初本是轰轰烈烈，但是出了一个或两个集子之后，便销声匿迹，不仅没有集子陆续出来，并且连一首好诗都看不见了。梦苇对于这种现象的解释很激烈，他说这完全是因为一班人拿诗作晋身之阶，等到名气成了，地位有了，诗也就跟着扔开了。他的话虽激烈，却也有部分的真理，不过我觉着主要的缘因另有两个：浅尝的倾向，抒情的偏重。我所说的浅尝者，便是那班本来不打算终身致力于诗，不过因了一时的风气而舍些工夫来此尝试一下的人。他们当中虽然不能说是竟无一人有诗的禀赋、涵养、见解、毅力，但是即使有的时候，也不深。等到这一点子热心与能耐用完之后，他们也就从此销声匿迹了。诗，与旁的学问旁的艺术一般，是一种终生的事业，并非靠了浅尝可以兴盛得起来的。最可恨的便是这些浅尝者之中有人居然连一点自知之明都没有，他们居然坚执着他们的荒谬主张，溺爱着他们的浅陋作品，对于真正的方在萌芽的新诗加以热骂与冷嘲，并且挂起他们的新诗老前辈的招牌来蒙蔽大众：这是新诗发达上的一个大阻梗。还有一个阻梗便是胡适的一种浅薄可笑的主张，他说，现代的诗应当偏重抒情的一方面，庶几可以适应忙碌的现代人的需要。殊不知诗之长短与其需时之多寡当中毫无比例可言。李白的《敬亭独坐》虽然只有寥寥的二十个字，但是要领略出它的好处，所需的时间之多，只有过于《木兰辞》而无不及。进一层，我们可以说，像《敬亭独坐》这一类的抒情诗，忙碌的现代人简直看不懂。再进一层说，忙碌的现代人干脆就不需要诗，小说他们都嫌没有功夫与精神去看，更何况诗？电影，我说，最不艺术的电影是最为现代人所需要的了。所以，我们如想迎合现代人的心理，就不必作诗；想作诗，就不必顾及现代人的嗜好。诗的种类很多，抒情不过是一种，此外如叙事诗、史诗、诗剧、讽刺诗、写景诗等那一种不是充满了丰富的希望，值得致力于诗的人去努力？上述的两种现象，抒情的偏重，使诗不能作多方面的发展，浅尝的倾向，使诗不能作到深宏与丰富的田地，便是新诗之所以不兴旺的两个主因。

我们谈完之后，时候已经不早了；我们便起身，转上槐路，绕海水的北岸，经过用黄色与淡青的琉璃瓦造成的琉璃牌楼，在路上谈了一些话，便租定一只小划船。这时候西北方已经起了乌云，并且时时有凉风吹过白色的水面，颇有雨意，但是我们下了船。我们看见一个女郎独划着一只绿色的船。她身上穿着白色的衣裙，手上戴着白色的手套，草帽是淡黄色的，她的身躯节奏的与双桨交互的低昂着，在船身转弯的时候，那种一手顺划一手逆划两臂错综而的姿势更将女身的曲线美表现出来；我们看着，一边艳羡，一边自家划船的勇气也不觉陡增十倍。本来我的右手是因为前几天划船过猛擦破了几块皮到如今刚合了创口的，到此也就忘记掉了。我们先从松坡图书馆向漪澜堂划了一个直过，接着便向金鳌玉蝀桥放船过去；半路之上，果然有雨点稀疏的洒下来了。雨点落在水面之上，激起一个小涡，涡的外缘凸起，向中心凹下去，但是到了中心的时候，又突然的高起来，形成一个白的圆锥，上联着雨丝。这不过是刹那中的事。雨涡接着迅捷地向四周展开去，波纹越远越淡，以至于无。我此时不觉联想起济慈的四行诗来：

Ever let the fancy roam,

Pleasure never is at home:

At a touch sweet pleasure melteth,

Like to bubbles when rain pelteth.

雨大了起来。雨点含着光有如水银粒似的密密落下。雨阵有如一排排的戈矛，在空中熠耀；匆促的雨点敲水声便是衔枚疾走时脚步的声息。这一片飒飒之中，还听到一种较高的声响，那就是雨落在新出水的荷叶四面时候发出来的。我们掉转船头，一面愉快的划着，一面避到水心的席棚下休息。

棹　歌

水　心

仰身呀桨落水中，对长空；俯首呀双桨如翼，鸟凭风。

头上是天，水在两边，更无障碍当前。

白云驶空，鱼游水中，快乐呀与此正同。

岸　侧

仰身呀桨落水中，对长空；俯首呀双桨如翼，鸟凭风。

树有浓荫，葭苇青青，野花长满水滨。

鸟啼叶中，鸥投苇丛，蜻蜓呀头绿身红。

风　朝

仰身呀桨落水中，对长空；俯首呀双桨如翼，鸟凭风。

白浪扑来，水雾拂腮，天边布满云霾。

船晃的凶，快往前冲，小心呀翻进波中。

雨　天

仰身呀桨落水中，对长空；俯身呀双桨如翼，鸟凭风。

雨丝像帘，水涡像钱，一片白色的烟。

雨势偶松，暂展朦胧，瞧见呀青的远峰。

春　波

仰身呀桨落水中，对长空；俯身呀双桨如翼，鸟凭风。

鸟儿高歌，燕儿掠波，鱼儿来往如梭。

白的云峰，青的天空，黄金呀日色融融。

夏　荷

仰身呀桨落水中，对长空；俯身呀双桨如翼，鸟凭风。

荷花的香，缭绕船旁，轻风飘起衣裳。

菱藻重重，长在水中，双桨呀欲举无从。

秋　月

仰身呀桨落水中，对长空；俯身呀双桨如翼，鸟凭风。

月在上飘，船在下摇，何人远处吹箫。

芦荻丛中，吹过秋风，水蚓呀应着寒蛩。

冬　雪

仰身呀桨落水中，对长空；俯身呀双桨如翼，鸟凭风。

雪花轻飞，飞满山隈，飞上树枝上垂。

到了水中，它却消融，绿波呀载过渔翁。

雨势稍停，我们又划了出来。划了一程之后，忽然间刮起了劲风来；风在海面上吹起一阵阵的水雾，迷人眼睛，朦胧里只见黑浪一个个向我们滚来。浪的上缘俯向前方，浪的下部凹入，真像一群张口的海兽要跑来吞我们似的，水在船旁舐吮作响，船身的颠摇十分厉害：这刻的心境介于悦乐与惊恐之间，一心一目之中只记着，向前划！向前划！虽然两臂麻木了，右手上已合的创口又裂了，还是记着，向前划！

上岸之后，虽然休息了许久，身体与手臂尚自在那里摆动。还记得许多年前，头一次凫水，出水之后，身子轻飘飘的，好像鸟儿在空中飞翔一般；不料那时所感到的快乐又复现于今天了。

吃完点心之后，（今天的点心真鲜！）我们离开漪澜堂，又向对岸渡过去，这次坐的是敞篷船。此刻雨阵过了，只有很疏的雨点偶尔飘来。展目远观，见鱼肚白的夕空渲染着浓灰色以及淡灰色的未尽的雨云，深浅不一，下面是暗青的海水，水畔低昂着嫩绿色的芦苇，时有玄脊白腹的水鸟在一片绿色之中飞过。加上天水之间远山上的翠柏之色，密叶中的几点灯光，还有布谷高高的隐在雨云之中发出清脆的啼声，真令人想起了江南的烟雨之景。

上岸后，雨又重新下起来。但是我们两人的兴致却发作了：梦苇嚷着要征服自然；我嚷着要上天王殿的楼上去听雨。我们走到殿的前头，瞧见琉璃牌楼的三座孤门之上一毫未湿，便先在这里停歇下来。这时候天已经黑了，我们从槐树的叶中可以看得见天空已经转成了与海水一样深青的颜色，远处的琼岛亮着一片灯光，灯光倒映在水中，晃动闪烁，有波纹把它分隔成许多层。雨点打在远近无数的树上，有时急，有时缓；急时，像独坐在佛殿中，峥嵘的殿柱与庄严的佛像只在隐约的琉璃灯光与炉香的光点内可以瞧见；沉默充满了寺内殿堂，寂静弥漫了寺外的山岭；忽然之间，一阵风来，吹得檐角与塔尖的铁马铜铃不断地响，山中的老松怪柏谡谡的呼吼，杂着从远峰飘来的瀑布的声响，真是战马奔腾，怒潮澎湃。缓时，像在一座墓园之内，黄昏的时候，鸟儿在树枝上栖息定了，乡人已经离开了田野与牧场回到家中安歇，坟墓中的幽灵一齐无声的偷了出来，伴着空中的蝙蝠作回旋的哑舞；他们的脚步落得真轻，一点声息不闻，只有萤虫燃着的小青灯照见他们幢幢的影子在暗中来往；他们舞得愈出神，在旁观看的人也愈屏息无声；最后，白杨萧萧的叹起气来，惋惜舞蹈之易终以及墓中人的逐渐零落投阳去了；一群面庞黄瘪的小草也跟着点头，飒飒的微语，说是这些话不错。

雨声之中，我们转身瞧天王殿，只见黑魆魆的一点灯火俱无，我们登楼听雨的计划于是不得不中止了。我们又闲谈起来。我们评论时人，预想未来，归根又是谈到文学上去。说到文学与艺术之关系的时候，我讲：插图极能增进读者对于文学书籍的兴趣，我们中国旧文学书中的插图工细别致，《红楼梦》一书更得到画家不断地为它装画。在西方这一方面的人才真是多不胜数，只拿英国来讲，如从前的克鲁可贤（Cruikshank），现代的毕兹雷（Beardsley），又如自己替自己的小说作插图的萨克雷（Thackeray），都是脍炙人口的；还有文学与音乐的关系，我国古代与西方都是很密切的，好的抒情诗差不多都已谱入了音乐，成了人民生活的一部分；新诗则尚未得到音乐上的人才来在这方面致力。

我们谈着，时刻已经不早了。雨算是过去了，但枝叶间雨滴依然纷乱洒下，好像雨并没有停住一般。偶尔有一辆人力车拖过，想必是迟归的游客乘着园内预备的车；还偶尔有人撑着纸伞拖着钉鞋低头走过，这想必是园中的夫役。我们起身走上路时，只见两行树的黑影围在路的左右，走到许远，才看见一盏被雨雾蒙了罩的路灯。大半时候还是凭着路中雨水洼的微光前进。

我们一面走着，一面还谈。我说出了我所以作新诗的理由，不为这个，不为那个，只为它是一种崭新的工具，有充分发展的可能；它是一方未垦的膏壤，有丰美收成的希望。诗的本质是一成不变万古长新的；它便是人性。诗的形体则是一代有一代的：一种形体的长处发展完了，便应当另外创造一种形体来代替；一种形体的时代之长短完全由这种形体的含性之大小而定。诗的本质是向内发展的；诗的形体是向外发展的。《诗经》《楚辞》，何默尔的史诗，这些都是几千年上的文学产品，但是我们这班后生几千年的人读起它们来仍然受很深的感动；这便是因为它们能把永恒的人性捉到一相或多相，于是它们就跟着人性一同不朽了。至于诗的形体则我们常看见它们在那里新陈代谢。拿中国的诗来讲，赋体在楚汉发展到了极点，便有"诗"体代之而兴。"诗"体的含性最大，它的时代也最长；自汉代上溯战国下达唐代，都是它的时代。在这长的时代当中，四言盛于战国，五古盛于汉魏六朝唐代，七古盛于唐宋，乐府盛的时代与五古相同，律绝盛于唐。到了五代两宋，便有词体代"诗"体而兴，到了元明与清，词体又一衍而成曲体。再拿英国的诗来讲，无韵体（Blank verse）与十四行诗（Sonnet）盛于伊丽莎白时代，乐府体（ballad measure）盛于个十七世纪中叶，骈韵体（Rhymed couplet）盛于多莱登（Dryden）、蒲卜（Pope）两人的手中。我们的新诗不过说是一种代曲体而兴的诗体，将来它的内含一齐发展出来了的时候，自然会另有一种别的更新的诗体来代替它。但是如今正是新诗的时代。我们应当尽力来搜求，发展它的长处。就文学史上看来，差不多每种诗体的最盛时期都是这种诗体运用的初期；所以现在工具是有了，看我们会不会运用它。我们要是争气，那我们便有身预或目击盛况的福气；要是不争气，那新诗的兴盛只好再等五十年甚至一百年了。现在的新诗，在抒情方面，近两年来已经略具雏形；但叙事诗与诗剧则仍在胚胎之中。据我的推测，叙事诗将在未来的新诗上占最重要的位置。因为叙事体的弹性极大，《孔雀东南飞》与何默尔的两部史诗（叙事诗之一种）便是强有力的证据。所以我推想新诗将以叙事体来做人性的综合描写。

两行高大的树影矗立在两旁，我们已经走到槐路上了。雨滴稀疏的淅沥着。右望海水，一片昏黑，只有灯光的倒影与海那边的几点灯光闪亮。倒是为了这个缘故，我们的面前更觉得空旷了。

我们走到了团城下的石桥，走上桥时，两人的脚步不期然而然的同时停下。桥左的一泓水中长满了荷叶：有初出水的，贴水浮着；有已出水的，荷梗承着叶盘，或高或矮，或正或欹；叶面是青色，叶底则淡青中带黄。在暗淡的灯光之下，一切的水禽皆已栖息了，只有鱼儿喋喋的声音，跃波的声音，杂着长长的水蚓的轻嘶，可以听到。夜风吹过我们的耳边，低语道：一切皆已休息了，连月姊都在云中闭了眼安眠，不上天空之内走她孤寂的路程；你们也听着鱼蚓的催眠歌，入梦去吧。

咬 菜 根

　　"咬得菜根，百事可做。"这句成语，便是我们祖先留传下来，教我们不要怕吃苦的意思。

　　还记得少年的时候，立志要做一个轰轰烈烈的英雄，当时不知在哪本书内发现了这句格言，于是拿起案头的笔，将它恭楷抄出，粘在书桌右方的墙上，并且在胸中下了十二分的决心，在中饭时候，一定要牺牲别样的菜不吃，而专咬菜根。上桌之后，果然战退了肉丝焦炒香干的诱惑，致全力于青菜汤的碗里搜求菜根。找到之后，一面着力的咬，一面又在心中决定，将来作了英雄的时候，一定要叫老唐妈特别为我一人炒一大盘肉丝香干摆上得胜之筵。

　　萝卜当然也是一种菜根。有一个新鲜的早晨，在卖菜的吆喝声中，起身披衣出房，看见桌上放着一碗雪白的热气腾腾的粥，粥碗前是一盘腌菜，有长条的青黄色的豇豆，有灯笼形的通红的辣椒，还有萝卜，米白色而圆滑，有如一些煮熟了的鸡蛋。这与范文正的淡黄荠差得多远！我相信那个说咬得菜根百事可作的老祖宗，要是看见了这样的一顿早饭，决定会摇他那白发之头的。

　　还有一种菜根，白薯。但是白薯并不难咬，我看我们的那班能吃苦的祖先，如果由奈何桥或是望乡台在过年过节的时候回家，我们决不可供些什么煮得木头般硬的鸡或是浑身有刺的鱼。因为他们老人家的牙齿都掉完了，一定领略不了我们这班后人的孝心；我们不如供上一盘最容易咬的食品：煮白薯。

如果咬菜根能算得艰苦卓绝，那我简直可以算得艰苦卓绝中最艰苦卓绝的人了。因为我不单能咬白薯，并且能咬这白薯的皮。给我一个刚出灶的烤白薯，我是百事可做的；甚至教我将那金子一般黄的肉通同让给你，我都做得到。唯独有一件事，我却不肯做，那就是把烤白薯的皮也让给你；它是全个烤白薯的精华，又香又脆，正如那张红皮，是全个红烧肘子的精华一样。

山药、慈姑，也是菜根。但是你如果拿它们来给我咬，我并不拒绝。

我并非一个主张素食的人，但是却不反对咬菜根。据西方的植物学者的调查，中国人吃的菜蔬有六百种，比他们多六倍。我宁可这六百种的菜根，种种都咬到，都不肯咬一咬那名扬四海的猪尾或是那摇来乞怜的狗尾，或是那长了疮脓血也不多的耗子尾巴。

梦苇的死

　　我踏进病室，抬头观看的时候，不觉吃了一惊，在那弥漫着药水气味的空气中间，枕上伏着一个头。头发乱蓬蓬的，唇边已经长了很深的胡须，两腮都瘦下去了，只剩着一个很尖的下巴；黧黑的脸上，一双眼睛特别显得大。怎么半月不见，就变到了这种田地？梦苇是一个翩翩年少的诗人，他的相貌与他的诗歌一样，纯是一片秀气；怎么这病榻上的就是他吗？

　　他用呆滞的目光，注视了一些时，向我点头之后，我的惊疑始定。我在榻旁坐下，问他的病况。他说，已经有三天不曾进食了。这病房又是医院里最便宜的房间，吵闹不过。乱得他夜间都睡不着。我们另外又闲谈了些别的话。

　　说话之间，他指着旁边的一张空床道，就是昨天在那张床上，死去了一个福州人，是在衙门里当一个小差事的。昨天临危，医院里把他家属叫来了，只有一个妻子，一个小女孩子。孩子很可爱的，母亲也不过三十岁。病人断气之后，母亲哭得九死一生，她对墙上撞了过去，想寻短见，幸亏被人救了。就是这样，人家把他从那张床上抬了出去。医院里的人，照旧工作；病房同住的人，照常说笑，他的一生，便这样淡淡的结束了。

　　我听完了他的这一段半对我说、半对自己说的话之后，抬起头来，看见窗外有一棵洋槐树。嫩绿的槐叶，有一半露在阳光之下，照得同透明一般。偶尔有无声的轻风偷进枝间，槐叶便跟着摇曳起来。病房里有些人正在吃饭，房外甬道中有皮鞋声音响过地板上。邻近的街巷中，时有汽车的按号声。是的，淡淡的结束了。谁说这办事员，说不定是书记，他的一生不是淡淡的结束，平凡的终止呢。那年轻的妻子，幼稚的女儿，知道她们未来的命运是个什么样子！我们这最高的文化，自有汽车、大礼帽、枪炮的以及一切别的大事业等着它去制造，哪有闲工夫来过问这种平凡的琐事呢！

　　混人的命运，比起一班平凡的人来，自然强些。肥皂泡般的虚名，说起来总比没有好。但是要问现在有几个人知道刘梦苇，再等个五十年，或者一百年，在每个家庭之中，夏天在星光萤火之下，凉风微拂的夜来香花气中，或者会有一群孩童，脚踏着拍子唱：

　　　　室内盆栽的蔷薇，

　　　　窗外飞舞的蝴蝶，

　　　　我俩的爱隔着玻璃，

　　　　能相望却不能相接。

　　冬天在熊熊的炉火旁，充满了颤动的阴影的小屋中，北风敲打着门户，破窗纸力竭声嘶的时候，或者会有一个年老的女伶低低读着：

　　　　我的心似一只孤鸿，

　　　　歌唱在沉寂的人间。

　　　　心哟，放情的歌唱吧，

　　　　不妨壮，也不妨缠绵，

歌唱那死之伤，

歌唱那生之恋。

咳，薄命的诗人！你对生有何可恋呢？它不曾给你名，它不曾给你爱，它不曾给你任何什么！

你或者能相信将来，或者能相信你的诗终究有被社会正式承认的一日，那样你临终时的痛苦与失望，或者可以借此减轻一点！但是，谁敢这样说呢？谁敢说这许多年拂逆的命运，不曾将你的信心一齐压迫净尽了呢？临终时的失望，永恒的失望，可怕的永恒的失望，我不敢再往下想了。

我还记得：当时你那细得如线的声音，只剩皮包着的真正像柴的骨架。临终的前一天，我第三次去看你，那时我已从看护处，听到你咳下了一次血块，是无救的了。我带了我的祭子惠的诗去给你瞧，想让你看过之后，能把久郁的情感，借此发泄一下，并且在精神上能得到一种慰安，在临终之时。能够恍然大悟出我所以给你看这篇诗的意思，是我替子惠做过的事，我也要替你做的。我还记得，你当时自半意识状态转到全意识状态时的兴奋，以及诗稿在你手中微抖的声息，以及你的泪。我怕你太伤心了不好，想温和地从你手中将诗取回，但是你孩子霸食般地说："不，不，我要！"我抬头一望，墙上正悬着一个镜框，框上有一十字架，框中是画着耶稣被钉的故事，我不觉地也热泪夺眶而出，与你一同伤心。

一个人独病在医院之内，只有看护人照例的料理一切，没有一个亲人在旁。在这最需要情感的安慰的时候，给予你以精神的药草，用一重温和柔软的银色之雾，在你眼前遮起，使你朦胧的看不见渐渐走近的死神的可怖手爪，只是呆呆地躺着，让幢幢的魔影自由的继续的来往于你丰富的幻想之中，或是面对面地望着一个无底深坑里面有许多不敢见阳光的丑物蠕动着，恶臭时时向你扑来，你却被缚在那里，一毫也动不得，并且有肉体的苦痛，时时抽过四肢，逼榨出短促的呻吟，抽挛起脸部的筋肉：这便是社会对你这诗人的酬报。

记得头一次与你相会，是在南京的清凉山上杏院之内。半年后，我去上海。又一年，我来北京，不料复见你于此地。我们的神交便开始于这时。就是那冬天，你的吐血，旧病复发，厉害得很。幸亏有丘君元武无日无夜地看护你，病渐渐地退了。你病中曾经有信给我，说你看看就要不济事了，这世界是我们健全者的世界，你不能再在这里多留恋了。夏天我从你那处听到子惠去世的消息，哪知不到几天你自己也病了下来。你的害病，我们真是看得惯了。夏天又是最易感冒之时，并且冬天的大病，你都平安地度了过来，所以我当时并不在意。谁知道天下竟有巧到这样的事？子惠去世还不过一月，你也跟着不在了呢！

你死后我才从你的老相好处，听到说你过去的生活，你过去的浪漫的生活。你的安葬，也是他们当中的两个：龚君业光与周君容料理的。一个可以说是无家的孩子，如无根之蓬般的漂流，有时陪着生意人在深山野谷中行旅，可以整天的不见人烟，只有青的山色、绿的树色笼绕在四周，驮货的驴子项间有铜铃节奏地响着。远方时时有山泉或河流的玎琮随风送来，各色的山鸟有些叫得舒缓而悠远，有些叫得高亢而圆润，自烟雾的早晨经过流汗的正午，到柔软的黄昏，一直在你的耳边和鸣着。也有时你随船户从急流中淌下船来。两岸是高峻的山岩，倾斜得如同就要倒塌下来一般。山径上偶尔有樵夫背着柴担怡然地唱着山歌，走过河里，是急迫的桨声，应和着波浪舐船舷与石岸的声响。你在船舱里跟着船身左右的颠簸，那时你不过十来岁，已经单身上路，押领着一船的货物在大鱼般的船上，鸟翼般的篷下，过这种漂泊的生活了。临终的时候，在渐退渐远的意识中，你的灵魂总该是脱离了丑恶的城市，险诈的社会，飘飘的化入了山野的芬芳空气中，或是挟着水雾吹过的河风之内了吧？

　　在那时候，你的眼前，一定也闪过你长沙城内学校生活的幻影，那时的与黄金的夕云一般灿烂缥缈的青春之梦，那时的与自祖母的磁罐内偷出的糕饼一般鲜美的少年之快乐，那时的与夏天绿树枝头的雨阵一般的来得骤去得快，只是在枝叶上添加了一重鲜色，在空气中勾起了一片清味的少年之悲哀，还有那沸腾的热血、激烈的言辞、危险的受戒、炸弹的摩挲，也都随了回忆在忽明的眼珠中，骤然的面庞上，与渐退的血潮，慢慢地淹没入迷瞀之海了。

　　我不知道你在临终的时候，可反悔作诗不？你幽灵般自长沙飘来北京，又去上海，又去宁波，又去南京，又来北京；来无声息，去无声息，孤鸿般的在寥廓的天空内，任了北风摆布，只是对着在你身边漂过的白云哀啼数声，或是白荷般的自污浊的人间逃出，躲入诗歌的池沼，一声不响的低头自顾幽影，或是仰望高天，对着月亮，悄然落晶莹的眼泪，看天河边坠下了一颗流星，你的灵魂已经滑入了那乳白色的乐土与李贺、济慈同住了。

　　　　巢父掉头不肯住，
　　　　东将入海随烟雾。

诗卷长留天地间，

钓竿欲拂珊瑚树。

你的诗卷中间有歌与我俩的诗卷，无疑的要长留在天地间，她像一个带病的女郎，无论她会瘦到那一种地步，她那天生的娟秀，总在那里，你在新诗的音节上，有不可埋没的功绩。现在你是已经吹着笙飞上了天，只剩着也许玄思的诗人与我两个在地上了，我们能不更加自奋吗？

书

拿起一本书来，先不必研究它的内容，只是它的外形，就已经很够我们的赏鉴了。

那眼睛看来最舒服的黄色毛边纸，单是纸色已经在我们的心目中引起一种幻觉，令我们以为这书是一个逃免了时间之摧残的遗民。它所以能幸免而来与我们相见的这段历史的本身，就已经是一本书，值得我们的思索、感叹，更不须提起它的内含的真或美了。

还有那一个个正方的形状，美丽的单字，每个字的构成，都是一首诗；每个字的沿革，都是一部历史。飙是三条狗的风：在秋高草枯的旷野上，天上是一片青，地上是一片赭，中疾的猎犬风一般快的驰过，嗅着受伤之兽在草中滴下的血腥，顺了方向追去，听到枯草飒索地响，有如秋风卷过去一般。昏是婚的古字：在太阳下了山，对面不见人的时候，有一群人骑着马，擎着红光闪闪的火把，悄悄向一个人家走近。等着到了竹篱柴门之旁的时候，在狗吠声中，趁着门还未闭，一声喊齐拥而入，让新郎从打麦场上挟起惊呼的新娘打马而回。同来的人则抵挡着新娘的父兄，作个不打不成交的亲家。

印书的字体有许多种：宋体挺秀有如柳字，麻沙体夭矫有如欧字，书法体娟秀有如褚字，楷体端方有如颜字。楷体是最常见的了。这里面又分出许多不同的种类来：一种是通行的正方体；还有一种是窄长的楷体，棱角最显；一种是扁短的楷体，浑厚颇有古风。还有写的书：或全体楷体，或半楷体，它们不单看来有一种密切的感觉，并且有时有古代的写本，很足以考证今本的印误，以及文字的假借。

如果在你面前的是一本旧书，则开章第一篇你便将看见许多朱色的印章，有的是雅号，有的是姓名。在这些姓名别号之中，你说不定可以发现古代的收藏家或是名倾一世的文人，那时候你便可以让幻想驰骋于这朱红的方场之中，构成许多缥缈的空中楼阁来。还有那些朱圈，有的圈得豪放，有的圈得森严，你可以就它们的姿态，以及它们的位置，悬想出读这本书的人是一个少年，还是老人；是一个放荡不羁的才子，还是老成持重的儒者。你也能借此揣摩出这主人翁的命运：他的书何以流散到了人间？是子孙不肖，将它舍弃了？是遭兵逃反，被一班庸奴偷窃出了他的藏书楼？还是运气不好，家道中衰，自己将它售卖了，来填偿债务，或是支持家庭？书的旧主人是这样。我呢？我这书的今主人呢？他当时对春雕花的端砚，拿起新发的朱笔，在清淡的炉香气息中，圈点这本他心爱的书，那时候，他是决想不到这本书的未来命运，他自己的未来命运，是个怎样结局的；正如这现在读着这本书的我，不能知道我未来的命运将要如何一般。

更进一层，让我们来想象那作书人的命运：他的悲哀，他的失望，无一不自然地流露在这本书的字里行间。让我们读的时候，时而跟着他啼，时而为他扼腕叹息。要是，不幸上再加上不幸，遇到秦始皇或是董卓，将他一生心血呕成的文章，一把火烧为乌有；或是像《金瓶梅》《红楼梦》《水浒》一般命运，被浅见者标作禁书，那更是多么可惜的事情呵！

天下事真是不如意的多。不讲别的，只说书这件东西，它是再与世无争也没有的了，也都要受这种厄运的摧残。至于那琉璃一般脆弱的美人，白鹤一般兀傲的文士，他们的遭忌更是不言而喻了。试想含意未伸的文人，他们在不得意时，有的樵采，有的放牛，不仅无异于庸人，并且备受家人或主子的轻蔑与凌辱；然而他们天生性格倔强，世俗越对他白眼，他却越有精神。他们有的把柴挑在背后，拿书在手里读；有的骑在牛背上，将书挂在牛角上读；有的在蚊声如雷的夏夜，囊了萤照着书读；有的在寒风冻指的冬夜，拿了书映着雪读。然而时光是不等人的，等到他们学问已成的时候，眼光是早已花了，头发是早已白了，只是在他们的头额上新添加了一些深而长的皱纹。

咳！不如趁着眼睛还清朗，鬓发尚未成霜，多读一读"人生"这本书吧！

空 中 楼 阁

　　你说不定要问：空中怎么建造得起楼阁来呢？连流星那么小雪片那么轻的东西都要从空中坠落下来，落花一般的坠落下来，更何况楼阁？我也不知怎样的，然而空中实在是有楼阁。玉皇大帝的灵霄宝殿、王母的瑶池同蟠桃园、老君的炼丹房以及三十三天中一切的洞天仙府，真是数不尽说不完的。它们之中，只需有一座从半空倒下来，我们地上这班凡人，就会没命了。幸而相安无事，至今还不曾发生过什么危险。虽然古时有过共工用头（这头一定比小说内所讲的铜头铁臂的铜头还要结实）碰断天柱的事体发生．不过侥幸女娲补得快，还不曾闹出什么大岔子，只是在雨后澄霁的时光，偶尔还看见那弧形的五彩裂纹依然存在着。现在是没有共工那种人了，我们尽可放心的睡眠，不必杞人忧天吧！

　　共工真是一个傻子，不顾别人的性命，还有可说；他却连自己的性命都不顾了。也很难讲，谁敢说他不是觉着人间的房屋太低陋龌龊了，要打通一条上天的路，领着他的一班手下的人，学齐天大圣那样去大闹一次天宫，把玉皇大帝赶下宝座，他自己却与一班手下人霸占起一切的空中楼阁呢？女娲一定是为了凡间的姊妹大起恐慌，因为那般急色的男子，最喜欢想仙女的心思。他们遇到一个美貌的女子，总是称赞她像天仙。万一共工同他的将士，真正上了天，他们还不个个都作起刘晨、阮肇来，将家中一班怨女，都抛撇在人间守活寡吗？

并且天上的宫殿，都是拿蔚蓝的玉石铺地，黄金的暮云筑墙，灯是圆大的朝阳，烛是辉煌的彗星，也难怪共工想登天了。在那边园囿之中，有白的梅花鹿，遨游月宫的白兔，耸着耳朵坐在钵前，用一对前掌握着玉杵捣霜，还有填桥的喜鹊鼓噪，衔书的青鸟飞翔，萧史跨着的凤凰在空中巧啭着它那比萧还悠扬婉转的歌声。银白的天河在平原中无声地流过，岸旁茂生着梨花一般白的碧桃，累累垂有长生之果的蟠桃，引刘阮入天台的绛桃。别的树木更是多不胜举。菌形的灵芝黑得如同一柄墨玉的如意。郊野之中，也有许多的虫豸，蚀月的蟾蜍呵，啼声像鬼哭的九头鸟呵，天狼呵，天狗呵，牛郎的牛呵，老君的牛呵，还有那张果老骑的驴子，它都比凡人尊贵，能够住在天上。

咳！在古代不说做人了！就是做鸡狗都有福气。那时的人修行得道，连家中的鸡狗，都是跟着飞升的。你瞧那公鸡，它斜了眼睛，尽向天上望，它一定是在羡慕它的那些白日飞升的祖宗呢。空中的楼阁，海上的蜃楼，深山的洞府，世外的桃源，完了，都完了，生在现代的人，既没有琴高的鲤，太白的鲸鱼，骑着去访海外的仙山；也没有黄帝的龙，后羿的金鸟，跨了去游空中的楼阁。

寓 言

从前的时候，人不怕老虎，老虎也不咬人。

有一天，王大在山里打了许多野鸡野兔，太多了，他一个人驮不动，只好分些绑在猎犬的背上，惹得那狗涎垂一尺，尽拿舌头去舔鼻子。猎户一面走着，一面心里盘算哪只兔子留着送女相好，哪只野鸡拿去镇上卖了钱推牌九。

他正这样思忖的时候，忽见前头来了一只老虎，垂头丧气的与一个大输而回的赌徒差不多。

王大说：“您好呀？寅先生为何这般愁闷，愁闷得像一匹丧家之犬。看你那尾巴，向来是直如钢鞭的，如今却夹起在大腿之间了；还有那脚步向来是快如风的，如今也像缠了脚的老太太，进三步退两步了。”

老虎说：“王老，你有所不知，说起来话真长着呢！”说到这里，它叹气连天的。“我家有八旬老母，双眼皆瞎，又有才满月的豚儿，还睡在摇篮里，偏偏在这时把拙荆亡去了。今天一清早，我就出去寻找食物，走了一个整天——”说到这里，它忽然看见王大背上与猎犬背上满载着的野品，便道：“呀，原来都在这里，怪不得我空跑了一天呢！”

它接着哀恳道：“王老，先下手为强，这句俗语我也知道。不过，我实在是家有老母小儿，它们已经整天不曾有一物下咽了。我如今正年富力强，饿上十天半个月还不打紧，它们一老一幼，却怎么挨得过呢！万一它们有个长短——"

它说到这里，忍不住的伤心大哭起来，一颗颗的眼泪，从大而圆的眼眶里面滴下，好像许多李子杏子似的。它的哭声惊动了头顶上树枝间的割麦插禾，一齐飞入天空，问道："这是为何？这是为何？"

王大只是摇头。

老虎又哀求道："不看金面看佛面，我前生也姓王，只看我额上的王字便是记认。你对于同宗，难道也忍心坐视不救吗？"

王大只是摇头。

老虎陡然暴怒起来，它大吼一声，跳上去把王大的头一口咬下来，说道："看你再摇，这铁石心肠的畜生！"

猎狗摇着尾巴，笑嘻嘻地说："大王，你过劳贵体了，让小畜替你把这些野鸡野兔连着王大的身体一齐驮去宝洞吧！"

自此之后，老虎知道人是一种贱的东西，只怕强权，不讲道理，于是逢着便咬，报它昔日的仇。

迎 神

——过檀香山岛作

是一个弦月之夜。白色的祈塔与巨石的祭坛竖立在海岸沙滩上。晚汐舐黄沙作声，一道道的湖水好像些白龙自海底应召而来。干如垩过的伞形棕榈静立在微光之下。朦胧中可以看见祭场四隅及中央的木雕与石镌的窄长而幻怪的神首，有如适从地府伸出头来，身躯尚在黄泉之内似的。

祭司身上一丝不挂，手执香炬，虔步入白塔之中。他旋转上塔的最高层，在寂静与缥缈中对着天空海洋默祷，求神祇下降。

祷了又祷，直至一颗星落下苍穹：神祇降了！他狂喜的——因为这一夜他若是祷不下大神来，便将被土人视为污渎而剥皮——他狂喜的挽起角螺来，自东西南北四方的窗棂吹出迎神之调，到居住在茅草铺的，或板木搭的房屋的岛民耳中，叫他们知道，神祇降了！

他们一片欢呼的，在袒裸之棕色身躯上围起青草扎成的短裙，把那用头发与鲸牙雕具编的圈练悬挂在颈项，手里敲着硕大的葫芦。舞蹈到沙滩之上来。

岛王闻声，披起了犬牙编制的胸甲，排列仪仗，双掌高捧一个白羽为面、赤羽为眉目口鼻的神首，领着王后宫女与侍卫的武士，也向沙滩而来。

祭坛上已经燃了鲸膏之燎。燎火闪烁的照见坛的四围，以及各神首的周遭，都有岛民绕着在狂舞高歌。沉重郁闷的葫芦声响，嘹亮嘈杂的金器铿锵，杂着坛上燎火中柴木的爆裂，融合成了一曲热烈而奇异的迎神之歌。

但葫芦金器的声响，忽然停了，歌唱也止了，因为他们看见白羽的神面棒到了祭坛的燎火当前，他们一齐匍匐上了白沙之地。

侍御的胡剌乐工轻拨动胡剌的胶弦，在悄静中低语。有如从辽远的古昔中，行近了逝者的叹声，叹那些先他们而离世的泉下人，有些是漂着一叶刀鱼形的小舟，一去不回，葬身在鱼腹之中；有些是在这四周被海围起的小岛上，同繁殖的兽群争竞一息的生机，终于丧了生命。弦声颤抖着，哽咽着，把岛民的悲哀挣扎，一齐倾吐在这悄然谤听着的神首之前，求他继续着他的庇佑。不然，那终古拿舌舐着这岛峙的洋便会携带了长喙的鳄鱼、银甲的鲨鱼、须锐长如矛头的巨虾、头庞大过屋舍的长鲸，以及数不清的拈胶、恶臭、瘤疠满身如蟾拨、形状丑怪如魔鬼的海中物类，来湮没尽这岛屿，吞咽尽这些虔诚的男女，那时纯洁的祈塔、巩固的祭坛都要随了人类荡涤净尽，更无匏金的声响、舞蹈的火焰，来娱悦这羽翼此岛的神祇了。

祭祀的牺牲这时已经都陈设在祭坛之上，白如处女的兔子、披着彩衣的野雉、四掌有如鱼鳍的玳瑁、花皮有如人工的鱼类、顶戴王冠的波罗蜜、芬芳远溢的五谷——这些都由祭司捧着，绕行白羽的神面三周，投入了跳跃着伸舌的燎火之中。白烟挟着香味，像一条蜿蜒的白蛇升上了天空。

岛民又立起身，绕着白羽的神面，歌唱起来。这送神之歌不像迎神时那样嘈杂不安了。它像一个催眠的歌调，茅屋中袒裸的母亲在身画龙蛇的婴孩的摇篮旁边低吟的一个催眠的歌调；它好像自近而远，送神祇随了白烟飞腾上夜云之幕，送那如梦中幻景的一声不响的岛王与仪仗捧着白羽的神面复回岛宫，送那镰刀形的弦月暂时朦胧在昼夜无眠的浪涛上，终于沉下了海底。

和平与黑暗降下了这一片人已散尽火已烬灭的平沙之上，只有高耸的塔影、酣眠的棕榈尚可依稀的看见。

日与月的神话

景深兄：近来作了几首英文诗，是取材自我国的神话，作时猛然悟出这些神话是极其美丽。即如太阳在文学中叫作金乌，这名字已经用滥了。但是我们把这两个字揣摩一番之后，便可知道它们好像一颗金橘，在很小的果皮之内蕴满了想象的甜汁，虽然随处都有，见年复生，仍旧减去不了它的佳妙。把太阳比作乌鸦，有两层道理：很显明的一层便是太阳飞过天空像乌鸦一样，第二层道理是人在向太阳直望了一刻之后，转看他物，便如有一黑物阻梗在眼前。古人的想象把这黑的观念同飞的观念联络起来，于是把太阳比作了乌鸦。乌鸦的毛，因光泽之故，对光看时，呈现金色。这更使这比喻来得的确。

日起扶桑，日落若木：这并非异想天开，确有道理。太阳起落之时，云霞确实像树，枝条四展的树。若木的若字最有意味。并且乌鸦不是筑巢在树上吗？日起落时的霞彩是宇宙中美景之一，中外的诗人都曾极力描写过，有人比它作头发，那是英国的 Spenser，他的那行诗是状比朝霞，我忘记掉了，不过雪莱套他写了一行 Blind with thine hair the eyes of day（见《夜》），有人比它作阑干，那是英国的济慈，那行诗是 When barred clouds bloom the soft-dying day（见《秋曲》），我在《日色》中也曾写过这样几行：

云天上幻出扇形，

仿佛羲和的车轮，

慢慢地。

沉没下西方。

　　这些譬喻中，试问，哪一个能胜过"扶桑"——桑，对了，那是中国的国树，不是 oak，不是 fir，不是 linden，不是 holly——试问哪一个能胜过"若木"——从"艹"字头的若，骤看起来，真像一个树名呢。

　　月亮有神，这是无论哪一国都那般想象的。但是自有文化的一两万年以来，却不曾有过一国像我们中国这样，对于月亮中的黑影也加以想象的解释。桂树便是这样在月宫旁生长了起来。缥缈的桂花香息虽能稍解望月的人对这一轮圆镜中阴影的憎恶，古人的想象终于免不了造出一个吴刚来，掮起斧头去斫树根。但是斧头尽管砍它的，阴影仍然存留着。这当然是因为吴刚太老了，不中用了。要是换个壮汉子运斤成风，桂树是早已砍倒了。

　　后羿射落九日，只留一日，这传说的来源极古。年代久远，后人便把羿与太阳混合在了一起。他们见月升于日落时，日出时又隐去，便想象这是太阳在追赶着月亮。不能是月亮追赶太阳，因为从不曾有过阴追赶阳的事情。在他们想象中，太阳是后羿，于是月亮便成为他的逃妻。其实我们知道，后羿的妻子并不曾偷到什么不死之药吞了，逃去月中作了月神，她是被后羿的国相寒碬偷了！月亮里有兔子那是当然。并且是白的家兔，不是黄的野兔。这畜生捣霜的本领委实太差：你看那月光下的草地，不是溅满了霜沫吗？

徒步旅行者

　　往常看见报纸上登载着某人某人徒步旅行的新闻，我总在心上泛起一种辽远的感觉，觉得这些徒步旅行者是属于另一个世界——一个浪漫的世界；他们与我，一个刻板式的家居者，是完全道不同不相为谋的。我思忖着，每人与生俱来的都带有一点冒险性，即使他是中国人，一个最缺乏冒险性的民族……希腊人不也是一个习于家居，不愿轻易地离开乡土的民族吗？然而几千年来的文学中，那个最浪漫的冒险故事，《奥德赛》，它正是希腊民族的产品。这一点冒险性既是内在的，它必然就要去自寻外发的途径，大规模的或是小规模的，顾及实益的或是超乎实益的。林德白的横渡大西洋飞航，孛尔得的南极探险，这些都是大规模的，因之也不得不是顾及实益的，——虽然不一定是顾虑到个人的实益，——唯有小规模的徒步旅行，它是超乎实益的，它并不曾存着一种目的，任是扩大国家的版图，或是准备将来军事上的需要，或是采集科学上的文献；徒步旅行如其有目的，我们最多也不过能说它是一种虚荣心的满足，这也是人情，不能加以非议——那一张沿途上行政人物的签名单也算不了什么宝贝，我们这些安逸的家居者倒不必去眼红，尽管由它去落在徒步旅行者的手中，作一个纪念品好了。这一种的虚荣心倒远强似那种两个人骂街，者要占最后一句话的上风的虚荣心。所以，就一方面说来，徒步旅行也能算得是艺术的。

　　吏蒂文生作过一篇《徒步旅行》，说得津津有味；往常我读它，也只是用了文学的眼光，就好像读他的《骑驴旅行》那样。一直到后来，在文学传记中知道了史氏自己是曾经尝过徒步旅行的苦楚的，是曾经在美国西部——这地方离开苏格兰，他的故乡，是多么远！——步行了多时，终于倒在地上，累的还是饿的呢，我记不清楚了，幸亏有人走过，将他救了转来的，到了这时候，我回想起来他的那篇《徒步旅行》，那篇文笔如彼轻灵的小品文，我便十分亲切地感觉到，好的文学确是痛苦的结晶品；我又肃敬地感觉到，史氏身受到人生的痛苦而不容许这种丑恶的痛苦侵入他的文字之中，实在不愧为一个伟大的客观的艺术家，那"为艺术而艺术"的一句话，史氏确是可以当之而无愧。

　　史氏又有一篇短篇小说，"Providence and the Guitar"，里面描写一个富有波希米亚性的歌者的浪游，那篇短篇小说的性质又与上引的《徒步旅行》不同，那是《堂吉诃德先生》的一幅缩影，与孟代（Catulle Mendés）的 Je m'en vais par les c-hemins, li-re-lin 一首歌词的境地倒是类似。孟氏的这首歌词说一个诗人浪游于原野之上，布袋里有一块白面包，口袋里有三个铜钱，——心坎里有他的爱友，——等到白面包与铜钱都被屠手给捞去了的时候，他邀请这个屠手把他的口袋也一齐捞去，因为他在心坎里依然存得有他的爱友。这是中古时代行吟诗人 Troubadour 的派头；没有中古时代，便容不了这些行吟诗人，连危用（Villon）都嫌生迟了时代，何况孟氏。这个，我们只能认它作孟氏的取其快意的寄寓之词罢了。

　　就那个由浪游者改行作了诗人的岱维士（W.H.Davies）说来，徒步旅行实在是他的拿手——虽说能以偷车的时候，他也乐得偷车。据他的《自传》所说，徒步旅行有两种苦处，狗与雨。他的《自传》那篇诚实的毫不浮夸的记载，只是很简单的一笔便将狗这一层苦处带过去了；不知道他是怕狗的呢，还是他作过对不住狗这一族的事，——至少，我们可以想象得出，狗的多事未尝不是为了主人，这个，就一个同情心最开阔的诗人说来，岱氏是应当已经宽恕了的；不过，在当时，肚里空着，身上冻着，腿上酸着，羞辱在他的心上，脸上，再还要加上那一阵吠声，紧追在背后提醒着他，如今是处在怎样的一种景况之内，这个，便无论一个人的容量有多么大，岱氏想必也是不能不介然于怀的。关于雨这一层苦处，岱氏说得很详尽；这个雨并非

润物细无声

的那种毛毛雨，（其实说来，并不一定要它有声，只要它润了一天一夜，徒步旅行者便要在身上，心上沉重许多斤了。）这个雨也并非

花落知多少

的那种隔岸观火的家居者的闲情逸致的雨；它不是一幅画中的风景，它是一种宇宙中的实体，濡湿的，寒冷的，泥泞的。那连三接四的梅雨，就家居者看来，都是十分烦闷，惹厌，要耽误他们的许多事务，败兴他们的各种娱乐；何况是在没遮拦的荒野中，那雨向你的身上，向你的没有穿着雨衣的身上洒来，浸入，路旁虽说有漾出火光的房屋，但是那两扇门向了你紧闭着，好像一张方口哑笑着向了你在张大，深刻化你的孤单，寒冷的感觉，这时候的雨是怎么一种滋味，你总也可以想象得出吧……不然，你可以去

读岱氏的《自传》，去咀嚼杜甫的

> 布衾多年冷似铁
>
> 娇儿恶卧踏里裂，
>
> 长夜沾湿何由彻！

那三句诗；再不然，你可以牺牲了安逸的家居，去作一个毫无准备的徒步旅行者。

杜甫也是一个迫于无奈的徒步旅行者；只要看他的

> 芒鞋见天子，
>
> 脱袖露两肘。

这寥寥十个字，我们便可以想象得出，他是步行了多少的时日，在途中与多少的困苦摩肩而过，以致两只衣袖都烂脱了；我们更可以想象开去，他穿着一双草鞋，多半是破的，去朝见皇帝于宫廷之上，在许多衣冠整肃的官吏当中，那是，就他自己说来，够多么可惨的一种境况；那是，就俗人说来，多么叫人齿冷的一种境况……至所谓

> 相见惊老丑

他还只曾说到他的"所亲"呢。

我记得有一次坐火车经过黄河铁桥，正在一座一座的数计着铁栏的时候，看见一个老年的徒步旅行者站在桥的边沿，穿着破旧的还没有脱袖的短袄，背着一把雨伞，伞柄上吊着一个包袱；我当时心上所泛起的只是一种辽远的感觉，以及一种自己增加了坐火车的舒适的感觉⋯⋯人类的囿于自我的根性呀！

像我这样一个从事于文学的人尚且如此，旁人还能加以责备吗？现在我所唯一引以自慰的，便是我还不曾堕落到那种嘲笑他们那般徒步旅行者的田地；杜甫的诗的沉痛，我当时虽是不能体味到，至少，我还没有嘲笑，我还没有自绝于这种体味。淡漠还算得是人之常情；敌视便是鄙俗了。

西方的徒步旅行者，我是说的那种迫于无奈的，我不知道他们是怎么一种行头，虽说吉卜赛的描写与他们的插图我是看见过的，大概就是那般在街上卖毯子的俄国人的装束，就那般瑟缩在轮船的甲板上的外国人的装束想象开去，我们也可以捉摸到一二了⋯⋯这许多漂泊的异乡人内，不知道也有多少《哀王孙》的诗料呢。

这卖毯子的人教我联想到危用，那个被驱出巴黎的徒步旅行者。他因为与同党窃售教堂中的物件，下了监牢，在牢里作成了那篇传诵到今的《吊死曲》，他是准备着上绞台的了；遇到皇帝登位，怜惜他的诗才，将他大赦，流徙出京城，这个"巴黎大学"的硕士，驰名于全巴黎的诗人便卢梭式的维持着生活，向南方步行而去；在奥类昂公爵（Charlesd'Orl'eans 也是一个驰名的诗人）的堡邸中，他逗留了一时，与公爵以及公爵的侍臣唱和了一篇限题为

在泉水的边沿我渴得要死

的 ballade（巴俚曲），——大概也借了几个钱；——接着，他又开始了他的浪游，一直到保兜地方，他才停歇了下来，因为又犯了事，被逼得停歇在一个地窖里。这又是教堂中人干的事；那个定罪名的主教治得他真厉害，不给他水喝，——忘记了耶稣曾经感化过一个妓女，——只给他面包吃，还不是新鲜的，他睡去了的时候，还要让地窖里的老鼠来分食这已经是少量的陈面包。徒步旅行者的生活到了这种田地，也算得无以复加了。

说　诙　谐

　　大概，诙谐的本质，与胳肢的，它们颇是相似。

　　这一次，我在一家理发店里，有理发匠替我捶背抠骨，抠到腰上的时候，我忍不住地笑出来了。后来，我一想，民间有一种俗话，说是怕胳肢的男人都是怕老婆的；肉体上的刺激与反应既然是无由避免，于是，我便不得不教理发匠停止了他的抠骨。普天下的男人，虽说是没有一个不怕老婆的，不过，他们决不肯透漏出此中的消息来，因之，道貌岸然的，他们，至少，要装扮成一个若无其事的模样。我们，对于那种直接的或是间接的有损于自我的尊严的诙谐，也是采取着同样的处置。

　　天生的有一种男人，那种不怕胳肢的……这种人究竟存在与否，我实在是怀疑。以常理来测度，能忍住的男人是很多，至于完全能以胳肢了不笑的男人，那恐怕是不会有的。

　　一定便是为了这个缘故，剧本内不常见有诙谐——讽刺的大前提的成分，而小说内却是不少，甚至于，有的整部都是诙谐的成分。诙谐而一下转成了讽刺，即使是泛指的，都已经是有损于自我的尊严：尤其是，忍不住地又笑了出来，这个更是可以叫自我由羞而恼的在家里看小说，总不会有外人来窥破这种损己的秘密，并且，人的那种天生得需要诙谐的本性也可以凭此而发泄了。

说　自　我

抓着这支笔的手——自然是右手了，虽说不比吃饭，那是一定得要用口的，左手也可以写得字，不过，习惯教我从小起就用右手来写字了，并且话还是一样的说得。沸腾在这脑中的思想——也并不像爱伦·坡那样说的，文章先已经都打成了腹稿，接着才去把它抄录下来；只是一时间忽然意识到，这是一篇文章了，便提起笔来写下去，并不曾预计到内容将要是怎样的，只是凭赖了这一念之萌，就把这篇文章的将来交付进了它的手里。这只手与这一片思想，它们便是现在的自我。

记得也在许多的时候，曾经为了后来的运用而贮藏过一些材料在这个头颅里，不过，就了自觉的一方面说来，那些材料都还不曾使用过……至少，是并不曾像当时所想象的那样去使用过。我也可以预料到，将来自己再看这篇文章的时候，这创作过程中所感觉到的这一点心头的美味，仍然会复活起来；并且，有时候，还会发生一点惊讶与自喜。

这一个孱弱、矛盾的自我，客观的看来，它是多么渺小，短促，无价值；不过，主观的看来，它却便是一个永恒只一个宝贝，一个纳有须弥的芥子了。

它简直就是一个国家。

在它的国度之内，有主人，有仆人；也有战争，和解。

如其这颗心并不是我自己的，我真不知道要怎样去妒忌它：因为，这个国度之内的乐趣都是"江汉朝宗"于它了。脑筋里思想，因了思想而获得的快乐，它是被心去享受了；肚子的命运似乎好一点，因为，在饥饿着的时候，它偶尔也能够感觉到一种暂时的乐趣——这种乐趣，与出游了好久以后回家来吞冷茶的那时候所感到的乐趣，恰好是一样。

《新生》的第一篇十四行里说，诗人看见自己的心被剜去了，这或者便是它的报应。

它实在是过于自私了。不说这整个故躯体都是无昼无夜的在供给它以甜美的螯刺；便是在这个躯体与其他的躯体，抽象的或是具体的，发生接触之时，乐趣也还不都全是它的。有的自我，在毁坏、苦痛其他的自我之中，寻求到快乐，也有的在创造、愉悦其他的自我之中；客观的说来，自然是后一种好，不过，主观的说来，两种的目标便只是一个。

自我的心便是国家的银行。

科学，哲学，等于脑；宗教，艺术，等于心。

说 说 话

我是一个口齿极钝的人，连普通的应酬我都不能够对付，所以，我对于说话说得极多并且极为伶俐的人是十分的羡慕。好像手工、图画这两样，我从前在学校里面读书的时候，十分的羡慕着那些成绩优秀的同学那般。

洒扫，应对，这本是古训里所说的一种儿童所应受的教育；在近三十年左右的家庭之内，洒扫这一项家庭教育的项目似乎是已经普遍的废除了，至于应对，大人也不过在说错了的时候，提示一句；在说得不好的时候，叹一口气；或是灰心了不作声：他们并不每天划出若干时刻来教授儿童以"应对"这一种课程，或是聘请一个家庭教师来教授，或是用了家长的名义向学校方面要求着在学校课程内增加这一种课程。于是，说话我便从小不会了。其实，即使是学校内有"应对"这一种课程，我也不见得能够学的好——不见手工、图画，我是成绩那么拙劣吗？

大概，说话时候所须注重的第一点是，从何说起。照例的寒暄，这已经是难于开口了，因为它颇有一点像学校里面国文班上所出的题目，这题目的范围之内所可说的话差不多早已经被旁人说完了，要想推陈出新，绝不是一件容易事。至于，由寒暄进而作宽泛的谈话，那简直是我所害怕的，好像从前在中学的头几年里我怕学期、学年的大考那样。不晓得对谈的人爱听的是哪一种话；即使晓得了，自己也多半不见得能够在这一方面搜索枯肠可以搜索得一些——不说许多——谈话的资料来。面对面的僵坐着，终究不是事，于是，急忙之内，我便开口说话了……不幸，我所说的话恰巧是对谈的人所不爱听的，甚至于，他所认为是存心得罪的。这简直是糟糕！因为，已经是僵窘的对话，如今又加添了一种意气的成分进去了。这个，在一个不善辞令的人处来，是最难受的了，反报吗，间接的便实证了适才所无心呐出的话是有意的；不反报吗，未免有失身份；解释吗，一个不会说话的人要想解释一句失言，我知道的经验，是不仅无补，并且会增加误会的。那么，只好不作声了。这个，并不见得能把严重的局面缓和下去。因为，这时候的面部表情，如其是沉闷的，对谈的人可以测想为臆怪；如其是和悦的，对谈的人又可以测想为在肚里暗笑。

模棱两可，这是说话时候所须注重的第二点。人世间的事情，最难料到是要怎么变化的。要是说出了一句肯定的话来，而事情的转变并不是像肯定的那样，这时候，曾经听见了这句话的人未免是要对于说者的判断力发生怀疑了。这个，在社会上，是极为有损于说者的。所以，一个人要是想不在这一方面吃亏，最好是在说话的时候不着边际；如此，事情无论是怎么收场，这模棱两可的话，虽然不见得是说中了，至少是没有说错。还有一层。人与人之间，在多种的情境内，是不能够说直话的；撒谎既不是一件社会上所容许的事情，那么，便只好把话说得令人难以捉摸了。

空洞无物，这是说话时候所须注重的第三点。一个人与一个人见了面，谈起话来，这一番对话，当然的，是集中于一件事情之上了。这件事情，过去的情形怎样，将来会怎样，现在对话时候是要这样的去接近，这些，在每个对话者的胸内，差不多都已经有了一个谱子；既然如此，在本题之上，便不需要做文章，只要旁敲侧击，借了一些题外的话来达意，也就够了。

喜欢绕弯子，或许是人的一种生性，因为绕弯子是有玄秘的色彩，艺术的色彩的。

　　面部表情，这是说话时候所须注重的第四点。譬如说，你现在说出了一句想起来是极为滑稽的话来，这时候，你的面部表情应当是严肃的，因为，那样，教听者在事后回想起来，会更觉得有趣。又譬如说，你说挖苦的话，便应当在面部呈露出一种和蔼可亲的模样；那样，听者，如其不是十分聪明的，便不会立刻悟出你是在挖苦他，你既然可以逃避去当场的反报，又可以让他在事后寻思，悟出来了的时候，去饱尝那一种自羞自悔的酸滋味。

　　这些便是一个不会说话的人对于说话这种艺术的观察。或许天下居然会有人，同我一样的拙于辞令，那么，这一番的说话，不能说是有什么帮助，只能说是，让他看了，可以与我同发一声慨叹，会说话的人真是天生的，人为不了。

我 的 童 年

一、引 言

如今，自传这一种文学的体裁，好像是极其时髦。虽说我近来所看的新文学的书籍、杂志、附刊，是很少数的；不过，在这少数的印刷品之内，到处都是自传的文章以及广告。

这也是一时的风尚。并且，在新文学内，这些自传体的文章，无疑的，是要成为一种可珍的文献的。

从前，先秦时代的哲理文，汉朝的赋，唐朝的律诗、绝句，五代与宋朝的词，元朝的曲，明朝的小品文，清朝的训诂，这些岂不也都是一时的风尚吗？

《论语》《孟子》《庄子》之内，那些关于孔丘、孟轲、庄周的生活方面的记载，只能说是传记体裁的。它们究竟有多少自传的性质，在如今，我们确是难以断言。

以著作我国的第一部正式历史的人，司马迁，来作成我国的第一篇正式的自传，《太史公自序》，这可以说是最自然不过的事情。当然，他的那篇《自序》，与我们心目中所有的关于自传这种文学体裁的标准，是相差很远的。

不过，由他那时候起，一直到清朝，我国的自传体文，似乎都是遵循了他的《自序》所采取的途径而进行的。

在新文学里面，来写自传体文，大概总存有两个目标，指引后学与抚今追昔。后学可以是自己的家人、学生，也可以是自己所研究的学问之内的后进，也可以是任何人。

我是一个作新诗的人。虽说也有些人喜欢我的诗，不过要说是，我如今是预备来作一篇诗的自传，指引后学，那我是绝不敢当的。至于我的一般的生活，那只是一个失败，一个笑话——就作诗的人的生活这一个立场看来，那当然还要算是极为平凡；就一般的立场看来，我之不能适应环境这一点，便可以被说是不足为训了。

要说是抚今追昔，那本来是老年人的一种特权；如今，按照我国的算法，我不过是一个三十岁开外的人。

不过，文学便只是一种高声的自语，何况是自传体的文章？作者像写日记那样来写，读者像看日记那样来看。就是自己的日记，隔了十年、二十年来看，都有一种趣味——更何况是旁人的日记呢？并且，文人就是老小孩子，孩子脾气的老头子；就他们说来，年龄简直是不存在的。

二、旧文学与新文学

记得我之皈依新文学，是十三年前的事。那时候，正是文学革命初起的时代；在各学校内，很剧烈的分成两派，赞成的以及反对的。辩论是极其热烈，甚至于动口角。那许多次，许多次的辩论，可以说是意气用事，毫无立论的根据。有人劝我，最好是去读《新青年》，当时的文学革命的中军，是刘半农的那封《答王敬轩书》，把我完全赢到新文学这方面来了。现在回想起来，刘氏与王氏还不也是有些意气用事，不过刘氏说来，道理更为多些，笔端更为带有情感，所以，有许多的人，连我也在内，便被他说服了。将来有人要编新文学史，这封刘答王信的价值，我想，一定是很大。

大概，新文学与旧文学，在当初看来，虽然是势不两立；在现在看来，它们之间，却也未尝没有一贯的道理。新文学不过是我国文学的最后一个浪头罢了。只是因为它来得剧烈许多又加之我们是身临其境的人，于是，在我们看来，它便自然而然地成为一种与旧文学内任何潮流是迥不相同的文学潮流了。

它们之间的歧义，与其说是质地上的，倒不如说是对象上的。

三、作小说

这还是十一二岁时候的事情。

那时候，在高小，上课完了以后，除去从事于幼年时代的各种娱乐以外，便是乱看些书。在这些书里，最喜欢的便是侠义小说。记得和一个同班曾经有过一种合作一部《彭公案》式的侠义小说的计划；虽说彼此很兴奋的互相磋商了许多次，到底是因为计划太大了。没有写成……在那个时候，我们两个都是不出十四岁的少年。

除了旧小说以外，孙毓修所节编的《童话》也看得上劲。一定就是在这些故事的影响之下，我写成了我的第一篇小说创作。如今隔了有十七年左右，那篇，不单是详细的内容，就是连题目，我都记不清楚了，仿佛是说的一只鹦鹉在一个人家里面的所见所闻。

以后，也曾经想作过《桃花源记》式的文章，可是屡次都没有写成。

在新文学运动的这十几年之内，小说虽是看得很多，也翻译了一些短篇，不过这方面的创作却是一篇也没有。

　　据我看来，作小说的人是必得个性活动的，而我的个性恰巧是执滞，一点也不活动。

　　一定就是为了这个缘故，我在编剧、演剧两方面也失败了。

　　在十二三岁的时候，和两个同班私下里演剧；准备，化装，排演，真是十分热闹——其实，那与其说是演剧，还不如说是好玩。

　　在这一次的排演里面，我还记得，我是扮的一个女子。七年以后，学校里面正式的演剧，我由一个女子而改扮一个老太婆了！

　　扮演老太婆的那次，我是一个失败的。一上了剧台，身子好像是一根木棍；面部好像是一个面具；背熟了的剧词，在许多时刻，整段的不告而别。居然有一个先生，他说我的老太婆的台步走得还像，也不知道他是安慰我，还是确有其事；因为，我的行步的姿态向来是极不优美的，身材不高而脚步却跨得很远，走路之时，是匆忙得很——我仿佛是对于四肢并没有多少筋节的控制力那样。至于我的两条臂膀，在走路的时候，摔出去很远，那更是同学之间的一种谈笑资料。

　　有时候，我勉强还可以演说，不料演剧的时候，居然是一塌糊涂到那种田地。这或者与我所以有时候可以写些短篇小说性质的小品文而却作不了短篇小说，是根源于同一种性格上的缺陷。

　　周启明所译的《点滴》，里面有一些散文诗性质的短篇小说；那一种的短篇小说，我看，或许便是像我这样性格的作诗的人所唯一的能作得了的。

四、读书

　　我是六岁启蒙的；家里请的老师；第一部书是读的《龙文鞭影》。只记得这是一部四字一句的韵文史事书籍——关于它，我现在已经不记得其他的内容了。

书房在花园里；花园的那边是客厅。书房前面的院子里，有一个亭子。

老师大概是一个举人。我还记得，他在夏天里，是穿着一件细竹管编成的汗褂。

背不出书来，打手心的事情，大概是有——不过现在我是已经忘记了。只记得，有一次，那是读完了《龙文鞭影》以后，读《诗经》的当口，我不知道是哪一页书，再也背不出来，老师罚我，非得要背出来，才放我下学。只剩下我一个人，在书房里面；听见自己的声音，更加伤心，淌眼泪。大概是到底也没有背得出来，有家里大人讨保放我下学了。

十几年以后，我每逢想起《诗经》这一部书的时候，总是在心头逗引起了一种凄凉的情调，想必便是为了这个缘故。

八九岁，读完了《四书》，以及《左传》的一小部分。就是在这个时候，学着作文了。

这是在离家有几里远的一个书馆里的事情。有一次，只剩下我一个人在馆里，心里忽然涌起了寂寞，孤单的恐惧，忙着独自沿了路途，向家里走去……这里是土地庙与庙前的一棵大树与树下的茶摊，这里是路旁的一条小河，这里是我家里田亩旁的山坡，终于，在家里前院的场地上，看见了有庄丁在那里打谷，这时候，我的心便放下了，舒畅了。

我的蒙馆生活是在十岁左右终止的。

十一岁时候，考取了高小一年级。这以后的十年，便是我的学校生活的期间，在小学，在大学期间，都曾经停过学。在一个工业学校的预科里面读过一年书。在青年会里读过英文。

说起来很有趣味：我后来又有机会看到我在工业学校里所作的一篇《言志》课卷，那里面说，将来学业完成了，除去从事于职业以外，闲暇的时候，要作一点诗，读一些诗文——这诗，不用说，是旧诗的意思；这诗文，不用说，也是旧诗文的意思。

在工业学校里，教国文的先生是豪放一派的；他喜欢喝酒，有一个酒糟鼻子，魏禧的《大铁椎传》是他所特别赞颂的一篇文章。

后来，我又有过一个国文先生，有"老虎"之称；不过他谨饬些。便是在他的课堂上，在自由交卷的时候，我学着作新诗。虽说他是一个旧学者，眼光倒还算是开明的，对于我的新诗课卷，并不拒绝。

听说他，像教我《四书》《左传》的那个书馆先生那样，结局很是潦倒。

我读书，是决不能按部就班的。课本，无论先生是多么好，我对于它们总不能感觉到一种特殊的兴趣，便是那种我自己读我自己所选读的书籍，那时候所感觉到的兴趣。

大概，书的种类虽然是数不尽的多，不过，简单地说来，它们却只有两个。它们便是，不得不读的，以及自己爱读的书籍。由报纸一直到学校内的课本，就是不得不读的书籍。至于自己爱读的书籍，那就要看"自己"是谁了。譬如，我是一个作文、教书的人，我自己所爱读的书，要是与一个工程师所爱读的来对照，恐怕是会大不相同的。不过，普天下的大我，它却是有一种书籍绝无不爱读之理的，那一种便是小说。

我也是一个人，当然逃不出这定例。十二岁到十四岁，爱读侠义小说。十五岁左右，爱读侦探小说。二十岁左右，爱读爱情小说。

侠义小说的嗜好一直延续到十几年以后，英国的司各德，苏格兰的史蒂文生，波兰的显克微支，他们的侠义小说，我为了慕名、机缘等的缘故，曾经看了不少；实在是爱不忍释。

司各德各书，据我所看过的说来，它们足以使我越看越爱的地方，便是一种古远的氛围气，以及一种家庭之乐。家庭之乐这个词语，用来形容这些小说之内的那一种情调，骤看来或许要嫌不妥当，不过，仔细一想，我却觉得它要算是我所能找到的唯一的妥当的摹状之词了。这一种家庭之乐的情调，并不须在大团圆的时候，我简直可以独断地说，是由开卷的第一字起，便已经洋溢于纸上了。或许，作者所以能永远留念于世人的心上的缘故，便在于他能够把这种乐居的情调与那种古远的氛围气有机的融合在一起。

史蒂文生的各部小说之内，我最爱读的一部是 *The Master of Ballantrae*。这篇长篇小说，与作者的一篇中篇小说，*Dr. Jekyll and Mr.Hyde* 以及一篇短篇小说《马克汉》，在精神上，似乎有孪生的关系。这三篇文章，我臆断的看来，或许便是作者对于他在一生之内所最感到兴趣的那个问题的一个叙述与分析。

显克微支的人物创造，Zagloba，与莎士比亚的 Falstaff 同属于一个人物类型，而并不雷同。

上举的各种侠义小说，有些可以叫作历史小说、心理小说，以及其他的名字；各书之内，除去侠义之部分以外，还有言情，社会描写等成分。这实在是一切小说的常例。因为小说，与生活相似，是复杂的。小说之能引起共同的爱好，其故亦即在此。

侦探小说，我除去柯南道尔的各部著作以外，看的不多。至于他的各部侦探小说，中译本我是差不多全看完了，在十五岁的时候，原文本我也看过一些，在二十五岁的时候。年龄的增加并不曾减退过我对于它们的爱好。

至于言情小说，我只说一部本国的，《红楼梦》。这部小说，坦白的说来，影响于人民思想，不差似《四书》《五经》。胡适之关于本书的考证，只就我个人来说，并不曾减少了我对于本书的嗜好；潜意识的，我个人还有点嫌他是多事。这是十年前，我在看亚东图书馆本的《红楼梦》那时候所发生的感想。至于这十年以来，整年的忙着授课，教书，谋生，并不曾再看过这部小说。我看我将来也不会教到"中国小说"这种课程，所以，我只有把十年前的那点感想坦白地说出来；至于本书的评价，那自然有在这一方面专门研究的人可以发言。

杜甫的诗我是爱读的。不过，正式的说来，他的诗我只读过两次；并且，每次，我都不曾读完。第一次是由《唐诗别裁集》里读的一个选辑，第二次是读了，熟诵了全集的很少一部分，第三次是上"杜诗"课，第四次是看了全集的一大半。十五岁以后，喜欢杜诗的音调；二十岁左右，揣摩杜诗的描写；三十岁的时候，深刻的受感于社的情调。我买书虽是买的不多，十年以来，合计也在一千圆以上，比上虽是差的不可以道里计，比下却总是有余；说起来可以令人惊讶，便是，杜诗我只买过石印一部，要是照了如今我对于杜诗的爱好说来，一买书，我必定会先把习见的各种杜诗版本一起买到。

只要是诗，无论是直行的还是横行的，只要是直抒情臆的诗，无论作得好与不好，我都爱。爱诗并不一定要整天的读诗。从前，在十八岁到二十岁的时候，曾经有过几个时期，我发过呆气，要除去诗歌以外，不读其他的书籍；现在回想起来，倒觉得有趣——不过，或许，我现在之所以能写成一点诗，我的诗歌培养便是完成于那几个时期之内。我是一个爱读诗，爱作诗的人，而在我所购置的已经是少量的一些书籍之内，诗集居然是更少；这个，说给那些还喜欢我的新诗而并不与我熟识的读者听来，他们一定是会诧异的。

我曾经作过一首题名荷马的十四行，算是自己所喜欢的一些自作之一……其实，这个希腊诗人的两部巨着，我只是潦草的看过，并不曾仔细的研究一番。在我写那首诗的时候，并不曾有原文的节奏、音调澎湃在我耳旁，我的心目之前只有 *Elson Grammer School Reader* 里面的这两篇史诗的节略。这个，说出来了，一定会叫读者失笑的，如其他是一个一般的读者；或是教他看不起，如其他是一个学者。

我是一个极好读选本的人。选本我可读了又读，一点也不疲倦；至于全集，我虽说在各方面也都看过一些，不过，大半，我只是匆促的看过一遍，就不看第二遍了。杜甫与莎士比亚是例外。这两个诗人，读上了味道，真是百读不厌；从前，现在的无穷数的读者所说的话，我到现在已经恳切地感觉到，并非人云亦云的一种慕名语，我并且自己的欣幸，我现在已经达到了一个可以真诚的，深切的欣赏他们的诗歌的时期。他们的确是情性之正声。

说到不得不读的书籍，我是一个度过了二十年学校生活的人，当然，它们是课本了。在学生时期之内，我对于课本，无论是必修科还是选修科，是很不喜欢读的。现在回想起来，教育与生活一样，也是一种人为的磨炼……我当初既是不能适应学校的环境，自然而然的，到了现在，我也便不能适应社会的环境了。

我真是一个畸零的人，既不曾做成一个书呆子，又不能作为一个懂世故的人。

投　考

他已经考取了高小一年级。

这是一个师范的附属小学校，在本城的小学之内，算是很好的。只要国文、英文、算术这三门里面，有一门考及了格，便可以录取入学；他是考国文录取了的。

投考的时候，他是坐人力车去的。在车上，他的一颗心忐忑不安。平时，坐车子本来是一件快乐的事，因为，坐车与走路的速率不同，一个孩童对于这个是敏感的——风迎了面吹来，那愉快的感觉，真不亚似在热天，老女工给他洗了一个澡以后，他坐在床上抚摩四肢、胸、腹在那时候所发生的那种愉快的感觉。可是，这一天，他只在脑筋里记挂着那个怕它来又要它快完的考试。身外的一切，他都忘记了，除去那个布包，里面放着笔墨，他用了一双出汗的手紧握住的。他也没有心思，像平常坐车子的时候那样，去看街道两旁的店铺、房屋了。

是一个长辈带领着他来应试。一声"停下！"的时候，他在心里震动了一下，发现了车子停住在一条柳树沿着小溪的路边，面前便是学校的大门。他下了车。这校门，门上的铁楣他要把颈子仰得很高才能望见的，门旁排的校名直匾就他看来是字写得巨大而触目动心的，颇像是他的心目中的一个学校老师，凛凛的。校门内，一条宽敞，平坦的道路直达附属小学校的校门。

他在家里读过书，在乡塾里读过书；至于踏进学校的门，这还是第一次。

这是一个与家馆，与乡塾迥不相同的地方。这条路是多么清净，整齐；路左边的柳树是多么碧绿，苗条；路右边的师范屋墙是多么高大，庄严！虽说学校里是要与许多素不相识的同学一起上课，读一些素来不知为何的书籍，他是很想考入这个学校的。他很想每天在这条路上走过，在上学，下学的时候，有很多也是来投考的人，跟着大人，从他的身边过去。看来，他们是若无其事的；并且，他们是那么络绎不绝的……这个，使得他的那颗已是慌乱的心更加慌乱了。有几个，大概是旧生，引领着兄弟或者亲戚来投考的，一路上谈谈笑笑；他颇是羡慕他们。

他在家馆里所读的书早已忘记了。倒是在乡塾里所读的《四书》，为了预备考这个学校的缘故，他曾经温习过。他，又在大人的督促之下，读了一点《古文观止》。至于作文，在乡塾里开了笔的，这几个月以来，他也作了一些功课；大人都还说是做得不错。他很喜欢看那些加在他的文课旁边的连圈；它们颇为使他觉得自傲，他希望，这次考试里面他所作的文章，学校老师也能够在上面加一些连圈。不过，题目是那么多，知道学校老师是要出哪一个呢？要是出一个他所曾经作过的题目，他想，那就容易了。他可以定下神来回想他的原稿；要是时刻来得及，他还可以多加上一些文章进去。只要说得很多，老师一定是喜欢的。最重要的一层是，不要写错了字，写别了字。他在走进附属小学校的校门的时候，心里这么想着。可是，万一出的是一个他所不曾作过的题目呢……

蝉声在柳树上喧噪着。他想起来了，家旁一口塘的岸边，也有蝉声在柳树的密叶里，不过，与这里的似乎不同，这里的似乎带着有抽噎的声音，不像塘岸上的那么热闹，那么自在。

带领着他来这里的长辈在问门房。

他挟着布包，跟在后面。这布包里有一支笔，一个墨盒；墨盒是大人特为给他带来作考试之用的。他很怕墨盒里漏出了墨来，那时候，不仅笔与布包，便是他所穿的那件新单袍子都要弄脏了。当了老师，许多同伴的面，那未免是太难堪了。

他在走过一条廊。廊的左边是淡青色的墙壁，上面有瓦花窗；右边是一排胆色的廊柱，廊柱以外便是学校的操场，操场上有一些体育的设备，他并不知道名字，他很情愿在它们的上面玩耍，可是他又有一点害怕。

廊与操场的那头，是一排满是玻璃窗的教室。这不像家馆的书房，因为老师就是睡在那书房里；这又不像乡塾的书房，因为那就是堂屋，并且没有这么多的窗子。教室里的设备是完全异样的。他觉得有趣—— 他极其想考进这个学校。他把布包打开了，看见墨盒里的墨汁并不曾漏了出来，他的心里宽畅了。

他的长辈去了会客室，留下他一个人在这里。

已经有一些同伴在教室里，等候着考试；不过，他并没有与他们之内的任何人交谈，一则认生，二则不知道能否考取，他没有勇气去与他们谈话，三则他在纳闷着，老师是要出怎么一个题目。

等得不耐烦了。他打开盒来，蘸笔，在带来的纸张上写字。他的手有一点颤抖。他不写字了；腹诵着前几天所读的一篇古文。腹诵了有一半，便梗住了，在第一天腹诵时候所梗住的那个地方；再也想不起下文来。

便是这时候，监考的老师进来了。他看见同试者都站了起来，在老师上了讲坛的时候，行一鞠躬礼，再坐下，他也跟着照样做了。他向老师望了一眼，似乎是心里惭愧，不知道这种仪节，又似乎是心虚，适才的那篇文章没有腹诵出来……还好，老师并没有向他看。

老师，沿了前排的座位，在分散着试题。他焦急地等候着。他很懊悔，进来教室的时候，为什么要靠了门坐上这一排的最末一个座位，为什么不去那边，坐在那边外面一排的第一个座位上，因为，那样，他便可以第一个接到试题，赶早作文了。

一张油印的试题，带着一张打稿子的纸，与试卷，由前桌的同试者交给了他。

是一个他所不曾作过的题目。不过，还不算是顶难。他把试卷放进抽屉里去了，怕的打草稿的时候，一不当心，会在那上面沾了墨渍。他看见同试者有许多是用铅笔在打草稿，那是快得多了，他想；所以，他很反悔，为什么不把家里给他买的那支铅笔带来。不过，再一想，铅笔断了铅的时候，削起来是费事的，他又心里轻松了。

老师的脚步声过来过去个不停，除此以外，只听见纸张反动的窸窣声，与偶尔的一声抽屉响。

……会客室在哪里呢——他一边打着草稿，一边这样地想——交了卷以后，他怎么去他的长辈那里呢……要是有个大人在旁边——并不用告诉他文章里面要怎样说，只要是坐在一旁，让他在心里觉得，他并不是一个人在这里，也用不着去愁会客室是在什么地方，他想，他的文章一定会作得很好。他在想家了。

草稿虽是不算十分满意，为的怕时候不早了，来不及誊清，他便只得从抽屉里面去取出试卷来。一句，一句地抄，那是很吃力的一件事，因为他想把文章抄得很工整，并且一个字也不错，而他的小楷却是写得极慢，极不好的。老师从他面前走过去的时候，他的手动了一动，想着把他的文章掩盖起来；并且，脸忽地红了，心怦怦地跳得厉害。他以为老师是在看他的那一段自己颇是得意的文，心里有一点自傲。老师在他的一旁站了很久。他所坐的座位；加上他那种慌张的神情，着实是可疑的——不过，他自己并不觉得，他并不知道老师守望了许久是为的这个。

已经有几个人交卷了。这时候，他的文章也已经抄得只剩一两行了。他的心里宽畅了下去。同时，他反悔，早知道是如此，何以不把文章作得长一点呢？已经誊好了，它是难得再加的。

不过，为了心里已经不慌乱的缘故，他的神志清醒了：他可以慢慢地誊抄着剩余的文章，等候着下一个交卷的人，一同出教室，那样，会客室便不愁找不到了。

他到了会客室。他的长辈向他要草稿看。那个，他并没有带出来，是被他放在试卷里面，一起交进去了，这是他的糊涂之处，因为，他既是在等候着旁人交卷，他应当是会知道旁人是把草稿给带走的。多么不幸的事情！

他不能知道，试卷究竟是作得如何，它究竟能否教他考入这个学校！

他走过长廊的时候，向着教室、操场望了一眼；他那颗心里的一种滋味是异样的。

门外的蝉声十分喧噪；这是一个热闷的下午。他很想到塘边去抛瓦片。不过，他还是坐车回去的。

画　虎

"画虎不成反类狗，刻鹄不成终类鹜。"自从这两句话一说出口，中国人便一天没有出息似一天了。

谁想得到这两句话是南征交趾的马援说的。听他说这话的侄儿，如若明白道理，一定会反问："伯伯，你老人家当初征交趾的时候，可曾这样想过：征交趾如若不成功，那就要送命，不如作一篇《南征赋》吧。因为《南征赋》作不成，终究留得有一条性命。"

这两句话为后人奉作至宝。单就文学方面来讲，一班胆小如鼠的老前辈便是这样警劝后生：学老杜吧，学老杜吧，千万不要学李太白。因为老杜学不成，你至少还有个架子；学不成李的时候，你简直一无所有了。这学的风气一盛，李杜便从此不再出现于中国诗坛之上了。所有的只是一些杜的架子，或一些李的架子。试问这些行尸走肉的架子，这些骷髅，它们有什么用？光天化日之下，与其让这些怪物来显形，倒不如一无所有反而好些。因为人真知道了无，才能创造有；拥着伪有的时候，绝无创造真有之望。

狗，鹜。鹜真强似狗吗？试问它们两个当中，是谁怕谁？是狗怕鹜呢？还是鹜怕狗？是谁最聪明，能够永远警醒，无论小偷的脚步多么轻，它都能立刻扬起愤怒之呼声将鄙贱惊退？

画不成的老虎，真像狗；刻不成的鸿鹄，真像鹜吗？不然，不然。成功了便是虎同鹄，不成功时便都是怪物。

　　成功又分两种：一种是画匠的成功，一种是画家的成功。画匠只能模拟虎与鹄的形色，求到一个像罢了。画家他深探入创形的秘密，发现这形后面有一个什么神，发号施令，在陆地则赋形为劲悍的肢体、巨丽的皮革。在天空则赋形为剽疾的翩翼、润泽的羽毛：他然后以形与色为血肉毛骨，纳入那神，搏成他自己的虎鹄。

　　拿物质文明来比方：研究人类科学的人如若只能亦步亦趋，最多也不过贩进一些西洋的政治学、经济学，既不合时宜，又常多短缺。实用物质科学的人如若只知萧规曹随，最多也不过摹成一些欧式的工厂商店，重演出惨剧，肥寡不肥众。日本便是这样：它古代模拟到一点中国的文化，有了它的文字、美术；近代摹拟到一点西方的文化，有了它的社会实业；它只是国家中的画匠。我们这有几千年特质文化的国家不该如此。我们应该贯进物质文化的内心，搜出各根底的原理，观察它们是怎样配合的，怎样变化的，再追求这些原理之中有哪些应当铲除，此外还有些什么原理应当加入，然后淘汰扩张，重新交配，重新演化，以造成东方的物质文化。

　　东方的画师呀！麒麟死了，狮子睡了，你还不应该拿起那支当时伏羲画八卦的笔来，在朝阳的丹凤声中，点了睛，让困在壁间的龙腾越上苍天吗？

江行的晨暮

美在任何的地方，即使是古老的城外，一个轮船码头的上面。

等船，在划子上，在暮秋夜里九点钟的时候，有一点冷的风。天与江，都暗了；不过，仔细地看去，江水还浮着黄色。中间所横着的一条深黑，那是江的南岸。

在众星的点缀里，长庚星闪耀得像一盏较远的电灯。一条水银色的光带晃动在江水之上。看得见一盏红色的渔灯。

岸上的房屋是一排黑的轮廓。

一条趸船在四五丈以外的地点。模糊的电灯，平时令人不快的，在这时候，在这条趸船上，反而，不仅是悦目，简直是美了。在它的光围下面，聚集着一些人形的轮廓。不过，并听不见人声，像这条划子上这样。

忽然间，在前面江心里，有一些幽暗的帆船顺流而下，没有声音，像一些巨大的鸟。

一个商埠旁边的清晨。

太阳升上了有二十度；覆碗的月亮与地平线还有四十度的距离。几大片鳞云黏在浅碧的天空里；看来，云好像是在太阳的后面，并且远了不少。

山岭披着古铜色的衣，褶痕是大有画意的。

水汽腾上有两尺多高。有几只肥大的鸥鸟，它们，在阳光之内，暂时的闪白。

月亮是在左舷的这边。

水汽腾上有一尺多高；在这边，它是时隐时显的。在船影之内，它简直是看不见了。

颜色十分清阔的，是远洲上的列树，水平线上的帆船。江水由船边的黄到中心的铁青到岸边的银灰色。有几只小轮在喷吐着煤烟：在烟窗的端际，它是黑色，在船影里，淡青，米色，苍白；在斜映着的阳光里，棕黄。

清晨时候的江行是色彩的。

烟　卷

　　我吸烟是近四年来的事——从前我所进的学校里，是禁止烟酒的，——不过我同烟卷发生关系，却是已经二十年了。那是说的烟卷盒中的画片，我在十岁左右的时候，便开始收集了。我到如今还记得我当时对于那些画片的搜罗是多么热情，正如我当时对于收集各色的手工纸，各国的邮票那样，有的是由家里的烟卷盒中取来的，恨不得大人一天能抽十盒烟才好；还有的是用制钱——当时还用制钱，——去，跑去，杂货铺里买来的。儿童时代也自有儿童时代的欢喜与失望：单就搜集画片这一项来说，我还记得当时如其有一天那烟盒中的画片要是与从前的重复了，并不是一张新的，至少有半天，我的情感是要梗滞着，不舒服，徒然的在心中希冀着改变那既成的事实。收集全了一套画片的时候，心里又是多么欢喜！那便是一个成人与他所恋爱的女子结了婚，一个在政界上钻营的人一旦得了肥缺，当时所体验到的鼓舞，也不能在程度上超越过去。

　　便是烟卷盒中的画片这一种小件的东西，就中都能以窥得出社会上风气的转移。如今的画片，千篇一律的，是印着时装的女子，或是侠义小说中的情节；这一种的风气，在另一方面表现出来，便是肉欲小说与新侠义小说的风行，再在另一方面表现出来，便是跳舞馆像雨后春笋一般的竖立起来，未成年的幼者弃家弃业地去求侠客的记载不断地出现于报纸之上。在二十年前，也未尝没有西洋美女的照相画片，——性，那原是古今中外一律的一种强有力的引诱；在十年以前，我自己还拿十岁时候所收集的西洋美女的照相画片之内的一张剪出来，插在钱夹里。——也未尝没有《水浒》上一百〇八人的画片，——《水浒》，它本来是一部文学的价值既高，深入民心的程度又深的书籍，可以算是古代的白话文学中唯一的能以将男性充分地发挥出来的长篇小说，（我当时的失望啊，为了再也搜罗不到玉麒麟卢俊义这张画片的缘故！）——不过在二十年前，也同时有军舰的照相画片，英国的各时代的名舰的画片，海陆军官的照相画片，世界上各地方的出产物的画片，……这二十年以来，外国对于我国的态度无可异议的是变了，期待改变成了藐视，理想上的希望改变了实际上的取利；由画片这一小项来看，都可以明显地看见了。

当时我所收集的各种画片之内，有一种是我所喜欢的，并不是为的它印刷精美，也不是为的它搜罗繁难。它是在每张之上画出来一句成语或一联的意义，而那些的绘画，或许是不自觉的，多少含有一些滑稽的意味。"若要功夫深，钝铁磨成针"，"爬得高，跌得重"。以及许多同类的成语，都寓庄于谐的在绘画中实体的演现了出来，映入了一个上"修身"课，读古文的高小学生的视觉……当时还没有《儿童世界》《小朋友》，这一种的画片便成为我的童年时代的《儿童世界》《小朋友》了。

画片，这不过是烟卷盒中的附属品，为了吸烟卷的家庭中那般儿童而预备的，在中国这个教育，尤其是儿童教育落伍的国家，一切含有教育意义的事物，当然都是应该欢迎、提倡的。——不过就一般为吸烟而吸烟的人说来，画片还可以说是视而不见的；所以在出售于外国的高低各种，出售于中国的一些烟盒、烟罐之内，画片这一项节目是蠲除去了。

　　烟卷的气味我是从小就闻惯了，嗅它的时候，我自然也是感觉到有一种香味，——还有些时候，我撮拢了双掌，将烟气向嗅官招了来闻，至于吸烟，少年时代的我也未尝没有尝试过，但是并没有尝出了什么好处来，像吃甜味的糖，咸味的菜那样，所以便弃置了不去继续，——并且在心里坚信着，大人的说话是不错的，他们不是说了，烟卷虽是嗅着烟气算香，吸起来都是没有什么甜头，并且晕脑的吗？

　　我正式的第一次抽烟卷，是在二十六岁左右，在美国西部等船回国的时候；我正式的第一次所抽的烟卷，是美国国内最通行的一种烟卷，"幸中"(Lucky Strike)。因为我在报纸、杂志之上时常看到这种烟卷的触目的广告，而我对于烟卷又完全是一个外行，当时为了等船期内的无聊，感觉到抽烟卷也算得一条便利的出路，于是我的"幸中"便落在这一种烟卷的身上。

　　船过日本的时候，也抽过日本的国产烟卷，小号的，用了日本的国产火柴，小匣的。

　　回国以后，服务于一个古旧狭窄的省会之内；那时正是"美丽牌"初兴的时候，我因为它含有一点甜味，或许烟叶是用甘草焙过的，我便抽它。也曾经断过烟，不过数日之后，发现口的内部的软骨肉上起了一些水泡，大概是因为初由水料清洁的外国回来，漱口时用不惯微菌充斥着的江水、井水的缘故，于是烟卷又照旧吸了起来，数日之后，那些口内的水泡居然无形中消灭了；从此以后，抽烟卷便成为我的一种习惯了。医学所说的烟卷有毒这一类话，报纸上所登载的某医士主张烟卷有益于人体以及某人用烟卷支持了多日的生存的那一类消息，我同样的不介于怀……大家都抽烟卷，我为什么不？如其他是有毒的，那么茶叶也是有毒的，而茶叶在中国是一种民需，又是一种骚人墨客的清赏品，并且由中国销行到了全世界，——好像烟草由热带流传遍了全世界那样。有人说，古代的饮料，中国幸亏有茶，西方幸亏有啤酒，不然，都来喝冷水，恐怕人种早已绝迹于地面了，这或许是一种快意之言，不过，事物都是有正面与反面的。烟、酒，据医学而言，都是有毒的，但是鸦片与白兰地，医士也拿了来治病。一种物件我们不能说是有毒或无毒，只能说，适当，不适当的程度，在施用的时候。

　　抽烟卷正式的成为我的一种习惯以后，我便由一天几支加到了一天几十支，并且，驱于好奇心，迫于环境，各种的烟卷我都抽到了，江苏菜一般的"佛及尼"与四川菜一般的"埃及"，舶来品与国货，小号与"Grandeur"，"Navy cut"与"Straight cut"，橡皮头与非橡皮头，带纸嘴的与不带纸嘴的，"大炮台"与"大英牌"，纸包与"听"与方铁盒。我并非一个为吸烟而吸烟的人，——这一点自认，当然是我所自觉惭愧的，——我之所以吸烟，完全是开端于无聊，继续于习惯，好像我之所以生存那样。买烟卷的时候，我并不限定于哪一种；只是买得了不辣咽喉的烟卷的时候，我决不买辣咽喉的烟卷，这个如其算是我对于烟卷之选择上的一种限定，也未尝不可。吸烟上的我的立场，正像我在幼年搜罗画片，采集邮票时的立场，又像一班人狎妓的立场；道地的一句话，它便是一般人在生活的享受上的立场。

　　我咀嚼生活，并不曾咀嚼出多少的滋味来，那么，我之不知烟味而作了一个吸烟的人，也多少可以自宽自解了。我只知道，优好的烟卷浓而不辣，恶劣的烟卷辣而不浓；至于普通的烟卷，则是相近而相忘的，除非到了那一时没得抽或是那抽得太多了的时候。

　　橡皮头自然是方便的，不过我个人总嫌它是一种滑头，不能叼在唇皮之上，增加一种切肤的亲密的快感；即使有时要被那烟卷上的稻纸带下了一块唇皮，流出了少量的血来，个人的，我终究觉得那偶尔的牺牲还是值得的，我终究觉得"非橡皮头"还是比橡皮头好。

烟嘴这个问题，好像个人的生活这个问题，中国的出路这个问题一样，我也曾经慎重地考虑过。烟嘴与橡皮头，它们的创作是基于同一的理由。不过烟嘴在用了几天以后，气管中便会发生一种交通不便的现象，在这种关头上，烟油与烟气便并立于交战的地位，终于烟油越裹越多，烟气越来越少，烟嘴便失去了烟嘴的功效了。原来是图求清洁的，如今反而不洁了；吸烟原来是要吸入烟气到口中，喉内的，如今是双唇与双颊用了许大的力量，也不能吸到若干的烟气，一任那火神将烟卷无补于实际的燃烧成了白灰，黑灰。肃清烟嘴中的积滞，那是一种不讨喜欢的工作；虽说吸烟是为了有的是闲工夫，却很少有人愿意将他的闲工夫用在扫清烟嘴中的烟油的这种工作之上。我宁可去直接的吸一支畅快的烟，取得我所想要取得的满足，即使熏黄了食指与中指的指尖。

有时候，道学气一发作，我也曾经发过狠来戒烟，但是，早晨醒来的时候，喉咙里总免不了要发痒，吐痰……我又发一个狠，忍住；到了吃完午饭以后，这时候是一饱解百忧，对于百事都是怀抱着一种一任其所之，于我并无妨害的态度，于是便记忆了起来，自己发狠来戒吸的这桩事件，于是便拍着肚皮的自笑起来，戒烟不戒烟，这也算不了怎样一回大事，肚子饱了，不必去考虑吧……啊，那一夜半天以后的第一口深吸！这或者便是道学气的好处，消极的。

还有时候，当然是手头十分窘急的时候，"省检"这个布衣的，面貌清癯的神道教我不要抽烟，他又说，这一层如其是办不到，至少是要限定每天吸用的支数。于是我便用了一只空罐装好今天所要吸的支数；这样实行了几天，或是一天，又发生了一种阻折，大半是作诗，使得我背叛了神旨，在晚间的空罐内五支五支的再加进去烟卷。我，以及一般人，真是愚蠢得不可救药，宁可将享受在一次之内疯狂地去吞咽了，在事后去受苦，自责，绝不肯，绝不能算术将它分配开来，长久的去受用！

烟卷，我说过了，我是与它相近而相忘的；倒是与烟卷有连带关系的项目，有些我是觉得津津有味，时常来取出它们于"回忆"的池水，拿来仔细品尝的。这或许是幼时好搜罗画片的那种童性的遗留吧。也许，在这个世界上，事物的本身原来是没有什么滋味，它们的滋味全在附带的枝节之上吧。

烟罐的装潢，据我个人的嗜好而言，是"加利克"最好。或许是因为我是一个有些好"发思古之幽情"的文人，所以那种以一个蜚声于英国古代的伶人作牌号的烟卷，烟罐上印他的像，又引有一个英国古代的文人赞美烟草的话，最博得我的欢心。正如一朵花，由美人的手中递与了我们，拿着它的时候，我们在花的美丽上又增加了美丽的联想。

广告，烟卷业在这上面所耗去的金钱真正不少。实际的说来，将这笔巨大的广告费转用在烟卷的实质的增丰之上，岂不使得购买烟卷的人更受实惠吗？像一些反对一切的广告的人那样，我从前对于烟卷的广告，也曾经这样想过。如今知道了，不然。人类的感觉，思想是最囿于自我，最漠于外界的……所以自从天地开辟以来，自从创世以来，苹果尽管由树上落到地上，要到牛顿，他才悟出来此中的道理；没有一根拦头的棒，实体的或是抽象的，来击上他的肉体，人是不会在感觉、思想之上发生什么反应的。

没有鲜明刺目的广告，人们便引不起对于一种货品的注意。广告并不仅仅只限于货品之上，求爱者的修饰，衣着便是求爱者的广告，政治家的宣言便是政治家的广告，甚至于每个人的言语，行为，它们也便是每个人的广告。广告既然是一种基于人性的需要，那么，充分地去发展它，即使消费去多量的金钱，那也是不能算作消费的。

广告还有一种功用，增加愉快的联想。"幸中"这种烟卷在广告方面采用了一种特殊的策略；在每期的杂志上，它的广告总是一帧名伶、名歌者的彩色的像，下面印有这最要保养咽喉的人的一封证明这种烟并不伤害咽喉的信件，页底印着，最重要的一层，这名伶、名歌者的亲笔签名。或许这个签字是公司方面用金钱买来的，（这种烟也无异于他种的烟，受恩的人并不至于受良心上的责备。）购买这种烟卷的人呢，我们也不能说他们是受了愚弄，因为这种烟卷的售价并没有因了这一场的广告而增高，——进一步说，宗教，爱国，如其益处撇开了不提，我们也未尝不能说它们是愚弄。这一场的广告，当然增加了这种烟卷的销路，同时也给予了购者以一种愉快的联想；本来是一种平凡的烟卷，而购吸者却能泛起来一种幻想，这个，那个名伶、名歌者也同时在吸用着它。又有一种广告，上面画着一个酷似那"它的女子"Clara Bow 的半身女像，撮拢了她的血红的双唇，唇显得很厚，口显得很圆，她又高昂起她的下巴，低垂着她的眼睑，一双瞳子向下望着；这幅富于暗示与联想的广告，我们简直可以说是不亚于魏尔伦 (Velaine) 的一首漂亮的小诗了。

抽烟卷也可以说是我命中所注定了的，因为由十岁起，我便看惯了它的一种变相的广告——画片。

想 入 非 非

贾宝玉在出家一年以后

去寻求藐姑射山的仙人

　　自从宝玉出了家以来，到如今已是一个整年了。从前的脂粉队，如今的袈裟服；从前的立社吟诗，如今的奉佛诵经……这些，相关有多远，那是不用说了。却也是他所自愿，不必去提。

　　只有一桩，是他所不曾预料得到的。那便是，他的这座禅林之内，并不只是他自己这一个僧徒。他们，恐怕是只有很少的几个人，像他这般，是由一个饱尝了世上的声色利欲的富家公子而勘破了凡间来皈依于我佛的。从前，他在史籍上所知道的一些高僧，例如达摩的神异，支遁的文采，玄奘的渊博，他们都只是旷世而一见的，并不能以在任何地方，任何时候都遇到。他所受戒的这座禅林，跋涉了许久，始行寻到的，自然是他所认为最好的了。在这里，有一个道貌清癯、熟谙释典的住持；便是在听到过他的一番说法以后，宝玉才肯决定了：在这里住下，剃度为僧的。这里又有静谧的禅房可以习道；又有与人间隔绝的胜景可以登临。不过，喜怒哀乐，亲疏同异，那是谁也免不了的，即使是僧人，像他这么整天的只是在忙着自己的经课，在僧众之间是寡于言笑的，自然是要常常的遭受闲言冷语了。

　　黛玉之死，使得他勘破了世情，到如今，这一个整年以后，在他的心上，已经不像当初那么一想到便是痛如刀割了。甚至于，在有些时候——自然很少——他还曾经纳罕过，妙玉是怎么一个结果：她被强盗劫去了以后，到底是自尽了呢，还是被他们拦挡住了不曾自尽；还是，在一年半载，十年五载之后，她已经度惯了她的生活，当然不能说是欢喜，至少是，那一种有洁癖的人在沾触到不洁之物那时候立刻发生的肉体之退缩已经没有了。

虽然如此，黛玉的形象，在他的心目之前，仍旧是存留着。或许不像当时那样显明，不过依然是清晰的。并且，她的形象每一次涌现于他的心坎底的时候，在他的心头所泛起的温柔便增加了一分。

这一种柔和而甜蜜的感觉，一方面增加了他的留恋，一方面，在静夜，檐铃的声响传送到了他的耳边的时候，又使得他想起来了烦恼。因为，黛玉是怎么死去的？她岂不便是死于五情吗？这使得她死去了的五情，它们居然还是存在于他宝玉的胸中，并且，不仅是没有使得他死去，居然还给予了他一种生趣！

在头半年以内，无日无夜的，他都是在想着，悲悼着黛玉。这是很自然的事情。半年快要完了的时候，黛玉以外的各人，当然都是女子了，不知不觉的，渐渐的侵犯到他的心上，来占取他的回忆与专一。以至于到了下半年以内，她们已经平分得他的思想之一半了。这个使得他十分感觉到不安，甚至于，自鄙。他在这种时候，总是想起了古人的三年庐墓之说……像他与黛玉的这种感情，比起父母与子女的感情来，或者不能说是要来得更为浓厚一些，至少是，一般的浓厚了；不过，简直谈不上三年的极哀，也谈不上后世所改制的一年的，他如今是半年以后，已经减退了他的对于黛玉之死的哀痛了。他也曾经想过各种各样的方法，要使得他的内心，在这一年里面，只有一个林妹妹，没有旁人——但是，他这颗像柳絮一般的心，漂浮在"悼亡"之水上的，并不能禁阻住它自己，在其他的水流汇注入这片主流的时候，不去随了它们所激荡起的波折而回旋。

　　天长地久有时尽，
　　此恨绵绵无绝期。

　　这两句诗，他想，不是诗人的夸大之辞，便是他自己没有力量可以做得到。

　　在这种时候，他把自己来与黛玉一比较，实在是惭愧。她是那么的专一！

　　也有心魔，在他的耳边，低声地说：宝钗呢？晴雯呢？她们岂不也是专一的吗？何似他独厚于彼而薄于此？并且，要是没有她们，以及其他的许多女子，在一起，黛玉能够爱他到那种为了他而情死的田地吗？

　　他不能否认，宝钗等人在如今是处于一种如何困难、伤痛的境地；但是，同时，黛玉已经为他死去了的这桩事实，他也不能否认。他告诉心魔，教它不要忽略去了这一层。

　　话虽如此，心魔的一番诱惑之词已经是渐渐在他的头颅里着下根苗来了。他仍然是在想念着黛玉；同时，其他的女子也在他的想念上逐渐恢复了她们所原有的位置。并且，对于她们，他如今又新生有一种怜悯的念头。这怜悯之念，在一方面说来，自然是她们分所应得的；不过，在另一方面说来，它便是对于黛玉的一种侵夺。这种侵夺他是无法阻止的，所以，他颇是自鄙。

　　佛经的讽诵并不能羁勒住他的这许多思念。如其说，贪嗔爱欲便是意马心猿，并不限定要作了贪嗔爱欲的事情才是的，那么，他这个僧人是久已破了戒的了。

他细数他的这二十几年的一生，以及这一生之内所遭遇到的人，贾母的溺爱不明，贾政的优柔寡断，凤姐的辣，贾琏的淫，等等。以及在这些人里面那个与他是运命纠缠了在一起的人，黛玉——这里面，试问有谁，是逃得过五情这一关的？人世间的悲欢离合，无一不是五情这妖物在里面作怪！

由我佛处，他既然是不能够寻求他所要寻求到的解脱，半路上再还俗，既然又是他所吞咽不下去的一种屈辱，于是，自然而然的，他的念头又向了另一个方向去希望着了。

庄子的《南华真经》里所说的那个藐姑射山的仙人，大旱金石流而不焦，大浸稽天而不溺，那许是庄周的又一种"齐谐"之语，不过，这里所说的"大旱"与"大浸"，要是把它们来解释作五情的两个极端，那倒是可以说得通的。天下之大，何奇不有？虽然不见得一定能找到一个真是绰约若处子的藐姑射仙人，或许，一个真是槁木死灰的人，五情完全没有了，他居然能以寻找得到，那倒也不能说是一件完全不可能的事体。

他在这时候这么的自忖着。

本来，一个寻常的人是决不会为着钟爱之女子死去而抛弃了妻室去出家的；贾宝玉既然是在这种情况之内居然出了家，并且，他是由一个唯我独尊的"富贵闲人"一变而为一个荒山古刹里的僧侣的，那么，他这样的异想天开要去寻求一个藐姑射仙人，倒也不足为奇了。

由离开了家里，一直到为僧于这座禅林，其间他也曾跋涉了一些时日。行旅的苦楚，在这一年以后回想起来，已经是褪除了实际的粗糙而渲染有一种引诱的色彩了。静极思动，乃是人之常情。于是，宝玉，穿着僧服，肩着一根杖，一个黄包袱，又上路去了。

散 文 诗

一

　　"进化"走着她的路。路的一旁是山，骷髅与骨殖堆聚成的，冷得，白得像喜玛拉亚高峰上的永恒不变的雪；路的一旁是水，血液汇聚成的，热得，红得像朝阳里的江河，永恒地流动着。但是，她的道路上，她的衣襟上，她的头发上，她的面庞上，她的心坎上，是花，白的与红的。

　　她唱着她的歌。歌词没有一个人，一头兽，一只鸟，一条鱼，一个虫，一棵树，一块石能听懂；但是，在她的歌声之内，他们鼓舞起来了……一面，他们自食，互食。

　　由飞蛾一直到爱因施坦，或是飞越过赤血的河，或是攀缘过白骨的山，他们辐聚来她的身边，来瞻仰她的容颜，来膜拜，来捧呈上他们的贡品。

　　幸福的是他们，那些得到了她的一笑的；他们，从此以后，便有太阳的热烈与月亮的冷静永驻在他们的心坎上，以及星辰的灿烂，在他们的思潮中，声响中，以及天河的优美，在他们的姿态中。

　　略不停留的，她走着她的路，口里唱歌。

　　看不见她，何默尔扬起了歌声。在黑暗中，悲妥芬回忆着她的光华的节奏。米克朗吉娄为了她消瘦，废寝忘餐。达汶契失望了，搁下了他的已经提起有一半的笔。

向了天边她走去，向了虹的路。

尽管地震，尽管有警告的彗星撞来，她的歌声，是再也没有停息过。

像天河一样，她行走着她的永恒的路，在白骨的山坡上，在赤血的河旁。

二

我颂扬一切的"伟大"！

它们是太空中的许多太阳。在它们的热烈的拥抱之下，我们生育；在它们的光华的瞬视之下，我们生长。

它们来了，一切都改变的形象。在一切之上，有"美"的光轮在灿烂。

生存在它们的氛围中，是幸福的。没有萎靡；没有迂滞；没有渺小……没有一切的"伟大"的对象。便是雷，便是风暴，它们，"伟大"的反面，也是伟大的。

在诅咒着你的声响中，同时我们颂扬——啊，"伟大"，我们爱你！

我是一片青草；我是一片绿叶。

我是小溪，我是江河里的一个波浪，我是洋海中的一朵浮沤！

绿叶落了，又有绿叶。

星宿死了，它们的灵魂，在太空之上，仍然灿烂着光明！

太阳收敛了光与热，归返到星云之内……在星云的胞胎内，又有新的太阳在创造！

啊，"伟大"，一切的"伟大"，我颂扬你们！

三

诗灵，"一"里的"一"，"光明"里的"光明"！你给了我热，你给了我智慧，你给了我坚忍；你，诗灵啊，还要继续的给我，给我更多的！

一天我又活一遍。"过去"你收藏着——给我精华；糟粕呢，你去践踏，踏在脚下！"未来"在你的手掌中——给我，如我所应得的！

给我眼睛，好看到你的各相：我好知道怎样来赞颂你，一点不错，一点不漏！

给我耳朵：我好通盘的听见那许多的赞颂你的歌声！给我聪明：我好拿它们一齐听懂，来改善我的歌喉，颂辞，来激发我的勇敢！

在膜拜你之中我骄傲。在膜拜一切的"一"，一切的"光明"之中我骄傲。给我愤恨，我好来愤恨一切的"一"，一切的"光明"的仇敌！

书信

寄汪静之

静之兄：

　　我对于你的第二诗集《寂寞之国》有许多话想说，好像旁观者在看着一盘精彩的围棋，有时忍不住要插一两句嘴一样。

　　这本诗分两辑，我意思以为就诗说来，要算后辑多。如《叔父说的故事》，《不能从命》《那有》《我把我的心压在海洋底下》各篇在当今诗坛上都是有特采的作品；前辑的诗指明作者在春天一样的生活后，忽然觉到人生的残酷，像夏天太阳一样，临了当头。诚然，在这热烈的打击之下，我们所能见到的是一片绿荫，消退了花朵的色彩，上面所举的四首诗所含有的微妙色彩；但是我们也相信，在这炎阳之下，已经有雏形之果实在无声中生长，一到节候，便将有各形各色的秋实在各形各色中的秋叶中累累而垂，供农人的采摘。（这辑诗中，《呵罗罗里的鬼》与《一只手》是代表作品。）

　　让我从技术方面来评这个诗集。技术之于诗，就好像沐浴之于美人，雕琢之于璞玉。一方面它是消极的，因它淘汰；一方面它又是积极的，因它综合。你在《听泪》一辑中任其自然地写下，虽然大半时候稚气很盛，但有时转动灵机，也创造一些上好的诗来。在《叔父说的故事》这四篇里，我相信你还是像当初写《蕙的风》时候那样信手拈来的；但是写这四篇的时候，无形中已有一种求形美的倾向，所以机缘到了之时，内质与外形便能很匀称和谐的混合起来，成功了四篇好诗。你在《寂寞之国》一辑之内是常自觉地去努力于诗的技术的，但是前辑的诗，说来不幸，是大半都失败了。失败的地方在排比过甚。失败的原因，一是，这乃是过渡所必有的现象，二是，我猜想你此时间一定受过生活的压迫，压得你无气力去唱歌了。此过渡期，我很高兴的可以告诉你，已经过去了：因为就《文学周报》第二九七期中登的《桃树下》之歌看来，可以知道排比的镣铐你已摆脱，你并能在诗的形美上作有力的尝试了。就是在本辑之中，《呵罗罗里的鬼》一篇，大致说来也不曾犯着这毛病。《一只手》这首诗你作得教我实在太难下台了：我看它之时，又想哭又想笑，又想咒诅，又想赞颂。我哭它咒诅它的排比，我咀嚼着它的充满了人生深意的尾章时，又欢颂起来：

> 它从最古的时候就捕捉，
>
> 依然是五只手指。
>
> 它虽然是空空一无所得，
>
> 却还是捕捉不已。

这四行诗是多么伟大！为什么写它们的人不肯去努力去作一篇"完美的"伟大的诗呢？

弟朱湘 五月七日

寄梁宗岱

梁兄：

接你的明信片，有点感触，当天作了一首诗，已经投去《小说月报》了，文为：

一碧连天的里门湖流；

远帆数点有如闲驶的白鸥；

晚阳射来无数长的金箭；

圆塔的□仑堡昂于青翠的山陬。

美呀！这座欧洲的花园；

幸呀！你得置身于其间。

并且湖水上一片的落叶：

你去的当儿正是灿烂的秋天！

中国也何尝没有名湖？

但如今皆为孽龙所盘踞；

听哪！在云低浪怒的雷雨之夜

暖风中惊起一片鸿雁的哀呼！

我此世的愿望本来很小：

我只想能够长在湖山间逍遥，

—— 但这点小的愿望都不能达，

如今的风月只有骨白与狼嗥！

李白呀，你的高蹈我今世已无分，

我但望你骑鲸渡海去慰孤寂的梁君；

杜甫，让我只听你悲壮的□调，

让你冬冬的战鼓惊起我久睡的灵魂！

为人不能在自身取得晏安，

在应当将赤血喷成洪水的狂澜

将今世的污秽一荡而尽，

替后人造起一座亚洲的花园！

我的诗—— 一共选二十六首，发表的有五六首—— 也付印了，篇幅较你的更短；近作再录一首，以终此信。

我所心爱的雨景也多着哪：

午夜梦回时忽闻的淅沥；

爽的，如轻纱拂面的毛雨；

夏晚雨晴时的灿烂日落；

以至充满了"不可测"的雷雨——

但欲雨的阴天我最爱了：

它清如王摩诘的五言律诗，

它是一块凉润的灰壁，

并且从寥廓的云气中，

不知是哪里，时飘来一声鸟啼。

又有几首自己的诗译成了英文，《小说月报》总可见到的，不赘了。

湘　十二月十五日

住址：上海虬江路德荣果二弄 1423

寄 曹 葆 华

葆华兄：

你的诗作我已读过了，我觉得有许多首是很可爱的；现在把我的读后感想向你说出来。

柯勒律基在他的《文学自传》Biograpahia Lteraria 里面曾经说过，要看一个新兴的诗人是否真诗人，只要考察他的诗中有没有音节；这一句话我觉得极有道理。一个运动家若是不曾天生得有条完美的腿，他的前程一定不会光明。音节之于诗，正如完美的腿之于运动家。肺部发展了，筋肉炼成了，姿势正确了，运动家的头脑具有了，倘如缺了两条好腿，那就这一番苦功夫虽说不至于枉费，成就却不会十分远大的。想象，情感，思想，三种诗的成分是彼此独立的，唯有用音节表达出来，它们才能融合起来成为一个浑圆的整体。

就新诗举一个例子来讲，那个"放情地唱呵"的诗人汪静之，处女作《蕙的风》出版之后，有许多人为他失望；然而就音节讲来，那一本诗实在是远胜似《草儿》与《冬夜》。果然不错，他的第二个诗集《寂寞的国》里面有几行很好的诗：

> 自古来它就伸着向世界，
> 要想抓到那心中的希冀——

到现在它空着，一无所得……

但是仍然伸出，抓个不已。

——《一只手》

你作的《给——》里面第一段：

离开你，妩媚的影儿就立在身边，

满怀的情绪相遇着又不敢明言！

你切莫要笑我愚钝痴呆，是原先

我活泼的灵魂颠倒了在你脚前。

用一种委婉缠绵的音节把意境表达了出来，这实在是一个诗人将要兴起了的吉兆。

另外还有一种征兆，可以因之预测你将来若是能得到充分的材料，一定会创造出一些伟大的诗来。那便是《呼祷》一诗。西方文学中有一句名言：

See life steady, and see it whole.

诚然观察人生，不仅是要用镇静的态度，并且要全盘把它观察。现在的新诗，还有一部分是感伤作用的，这便不算镇静；还有一部分是囿于自我的，这便不是全盘。《呼祷》一诗能够透彻的观察全盘的人生，即如求智的一段中有：

但如今飞过了青春的良辰，

我仍然独站在荒冷的郊野，

紧抱着这赤裸裸跳荡着的心。

我不见一丛绿林，可以避风雨，

可以镇静着这不安定的灵魂。

又如返自然的一段中有：

看蜿蜒如带五色的虹霓，

我跳荡的心神，杂乱的思虑，

曾一度得着了静穆平怡。

但转瞬间我澎湃的心泉，

又像子午海潮，突然涌起。

最后如，最好的例子来了，人生的一段中有：

上帝，人说生命是甜蜜的酒浆，

你喝了一口还想再尝；

又说它是苦涩的药酒，

滴一点进口就刺透心肠。

但我端起杯不住的倾饮，

总尝不出那苦甜的真相——

我只觉得它是一杯白水，

没有溶和着半点蜜糖；

淡泊中咬不出任何滋味，

空使你的腹中起了欲望。

这绝不像一个年青的诗人所作的诗，这实在是能够 see life steady，and see it whole 了。

《呼祷》是我认为全集中压卷的一篇诗，其次便推描写确切的《问》，情调丰富的《当春光重返人间》一首十四行诗，譬喻精当的《诗人之歌》，音节宛转的《给——》，章法新颖的《她这一点头》。另外有

蟋蟀唤叫飞萤

一行，我觉得是一个好行。

承询及近作，特抄出最近作的一首十四行诗寄给你看（从略）。我的第二个诗集定名《石门集》；自从《草莽集》以后的诗，一直聚到现在，共得六十首左右，删去二十首，余下四十首左右。便成了《石门集》。

朱　湘

寄 戴 望 舒

望舒兄：

《我的记忆》仔细读过一遍，最喜欢"Fragments"，"Mandoline"，《雨巷》《我的记忆》《路上的小语》，《林下的小语》。"Fragments"巧致。"Mandoline"一诗虽然措辞嫌弱，但极力想把那忽忽高低的乐声，用诗章象征出来。《雨巷》在音节上完美无疵。我替你读出之时，别人说是真好听。近来课堂上教到 Poe 的 Annabel Lee，你的《雨巷》与他的诗真是异曲同工。我忽然想起刘梦苇的《序诗》，那也是我国新诗的一个 Prélude。如今又听到了你的《雨巷》。我好久想化用古诗中长短句的音节，到头只作出了《人生》，还是不满意。《雨巷》兼采有西诗之行断意不断的长处。在音节上，比起唐人的长短句来，实在毫无逊色。《我的记忆》一诗作意很新鲜，我最爱

> 它是胆小的，它怕着人们的喧嚣
>
> 但在寂寥时，它便对我来作密切的拜访。

两行，《路上的小语》中

> ——不，它只有青色的橄榄的味

　　和未熟的苹果的味，

　　而且是不给说谎的孩子的

一章很有味——像橄榄一样。《林下的小语》第一章似可删去，第三章首行中"追随我"应是"我追随"之印误。这首诗真像一个五十岁的老诗人所作的诗，尤其末后两章。这首与《雨巷》便是我所最爱的。有许多人替新诗悲观，那实在是人云亦云。现在有你，有汪静之，我所不知道的一定还有几个。这比起闻一多，刘梦苇，郭沫若来，差到了什么，新诗的前途并无可悲观，

可悲的是懂新诗的人太少了！

弟湘　十月廿四

寄 罗 念 生

一

懋德：

你的信昨天才转来北京，想累你久等了，不安得很。你同子潜去檀柘寺，想早回京。前信说去烟台的，想已动身了。我暑假后说不定还是去上海，竟无一面的机会，惆怅奚似？

你问我为何要离清华，我可以简单回答一句：清华的生活是非人的，人生是奋斗，而清华只有钻分数；人生是变换，而清华只有单调；人生是热刺刺的，而清华是隔靴搔痒。我投身社会之后，怪现象虽然目击耳闻了许多，但这些正是真的人生。至于清华中最高尚的生活，都逃不出一个假，矫揉。我的作品中你的口味，这是我听了很高兴的。可惜，我们不能相会。不然，我近来又作了一册子诗，较《夏天》有点进步，可以和你同观的。你对我的诗文有什么批评，请老实不客气地说，我极欢迎。

子潜荐给你的三本书，两本很好，《葛推传》我则以为可以缓读，等到游学后再读不迟。我再举荐几本书给你：（1）Golden Treasury with Notes by Wheeler（约二圆）；（2）English Par Nassus（Anthology of Longer Poems）（约三圆）；（3）English Short Stories，First Series（约一圆）；（4）Peacock：English Essays（约一圆）；&（5）Andersen's Fairy Tales Complete（约三

圆）。你可托商务代向 Oxford Univetsity Press 买这些书。我译登《说月报》的英国短篇小说即是从（3）译出的。我如今手头有三部英国短篇小说选本，将来再多搜罗些时，便印《英国短篇小说集》。（下略）

朱湘　（一九二五）六月十九日

二

懋德文友：

我已经决定了在北京，以后会面的机会一定多了。清华我不便去，不过明年春假校中答应了送我游美时，再去不迟。你的作品我自然极想看了，望你寄来，我一定会恳切批评的。××不告我而行，未免太轻率了。他就是一定想去，也可以告诉我，我自然要函告舍亲极力招待。处世我固然不希望他学，处朋友要不学会，以后一生是要很苦的。我以前听到舍亲说，洞庭没什么好玩，所以我据实告诉了他，劝他改玩庐山永嘉。执拗是他的一种大毛病，望你好好的劝一劝他。其实我这两天并有很好的消息告诉他，就是，我问一个湖南的熟人，他说，洞庭的本身是没有什么，只要月夜风朝，去泛一泛舟，就完了。不过从岳州乘小轮经过沅江县（今为市），可以看清湘浊沅的奔合口，并且直穿洞庭，约需四天可到桃源看桃源洞，（桃源的检察厅长况寿昌字季眉是我的姊夫，）桃源以后就危险了。再折回，由长沙趁小轮直达衡山之麓，约需三天，衡山县可以耽搁五天。你可以把这段消息告诉他了，并望转达我劝他的话。

湘　（一九二五）八月二十九日

三

念生：

　　信悉，衣已收到。皑岚说是今天去京。杨君信已另发。尉梅兄诗册并未接到。《镜花缘》霓君带去了。稿件事不必愁。《草莽集》样本封面皆得，共百九十页。书局定实价九角，预提版税四分之三，得七十圆，大有帮助。《新诗选》中孙君子潜诗想录《海上》的那首，望作为你的口气，叫他再抄一份给你。如发生阻梗，即请代觅《晨附》（诗刊那时候的一期《晨附》）中言爱的十四行诗抄出寄给我，费心。今天作好一篇《招魂辞》，很满意，可惜长点，不能抄给你看。

子沅 （一九二七）八月十七日

　　《招魂辞》是吊国殇而作，五年后再见了！

四

念生：

　　信悉。寄近译的《摇篮歌》，并不是因为我在各诗中最喜欢它，不过它是易译成英文的而已。我的书籍你尽管使用，将来我说不定还要托你带一些到美国来呢。你想来罗伦士，很可以进（？）行。我想你同皑岚可以在此学期考完之时，把成绩寄给我，替你们交涉一下插三年级——因为他们重视此物。我劝你们多读点英文，这并不是为的别人，这实在是为的自己。别的功课将就些，是很可以的。此校教员至少比清华好，自然环境方面都好似清华。生活程度极低，连买书每月仅需五十圆。我读五种功课，拉丁，三年级法文，英古文，浪漫运动，谈尼生，很忙。除上课十七点钟外，每天到晚的读书，平均每日读书八时。晚间我拿一点钟到两点钟的时间译诗。这半个月已将 Ancient Mariner 译好。如今在译 Michael。将来再译 Marmion，Prisoner of Chillon，Alastor，and EV of St. Agnes，便可出一本《浪漫乐府》了。明年夏天就去希加谷大学，因为好的教授不少，如 Manly，Lovett，Cross 等人皆是。前夜花两块美金听了 Marion Talley，大慰寂寞。到希加谷去一定是机会更多。

子沅 （一九二七）十月九日

五

念生：

　　《文艺汇刊》的会友录是按照大家的议案办的，自然是有一个要录一个。至于××的名字，我明明白白记得曾经录入。如若是印刷所印掉了，或是你替他删去了，这都应当替我声明一句才对。并且我现在同他已经和好，我更不愿让这种谣言吹进他的耳朵。

子沅 （一九二七）十一月十九日

六

念生：

　　信收到。第三期《文艺》想必就要看见了。回国事还不一定，不过万一回去不了时，我决定改进希加戈作一旁听生，不要文凭，只选一种功课，专门翻译中诗，译成一本，找到发行部的书店后，即行回家。再等几天就能接到监督处的回信了，那时便可决定。如若留美，有几部中文书，那时要托你寄来。第二期《文艺》的《芙蓉城》文字作得很清丽，再寄给你稿子一篇。乡土文学望你多多努力，我想有了十五篇，不论长短，便可以印一本书的。这是你的第一步，自然不用我叮咛，你自己是很能努力的。我的《三星集》仲明在替我画着封面了，想必阳历年底可以寄去中国。如今在译着 Arnold's Sohrab and Rustum，预备同 Tennyson's Enoch Arden 译好后同印一本。关于选校事，此间我已决裂，无人替你去说话。我想不如在威斯康新或斯丹佛两校中选一个。不过下学期可由无忌去替你商量一下，看看结果如何。此校别处是承认的，最要紧的还是在个人。

子沅 （一九二七）十二月十一日

七

念生：

《文艺汇刊》五十本收到。（《东镇》已寄去谢兄处。）社友录不知是那位弄出来的笑话？（一）把胖子分成了两个，（尉梅兄也被删去）（二）我的按笔画多少的次序没有用，（三）旧社友中他只删存了几个出了名的，其余的我写的一些无名的（××自然在内），一齐被那位勾销了。不过这你并不必替我声明了，免得伤面子。徐元度（霞村）已经由法国回来了，住天津法租界二十四号路天合里二号。丛书丛刊有他在国内主持，方便多了，我已经告诉他向你们催稿子了。林率的稿件我就寄去，我同老柳的文章久已寄申。文学社里望说一声，社友的大作丛刊极欢迎，请他们寄到老徐那里好了。《文艺汇刊》第二集请你寄一本给元度。我临走之前译好了Sohrab and Rustum，打算印单行本。希考戈很舒服，生活毫不压迫。依我的意思，劝你们都来。在这里多住是颇值得的，极其自由。我只选了八点钟的功课，是英国前期戏剧，同英国十九世纪小说。我因为大规模的读书，所以一天到晚都没闲着。接到×××回我的信，极其诚恳，不愧为一文人。我们丛刊中多了一支生力军了。

子沅 （一九二八）一月十五日

八

念生：

两封信都收到了，你那一片心我是很感激的。赎当要费你的心，赎费决定不能由你出，这是讲不过去的。我已告诉了霓君，无论如何，这笔钱不能由你出。年份填错，这是当铺狡狯，只好多认几个利钱。买东西的钱，我也要霓君还给你。倒是学校中厨房各债. 请你先替我还了，可以酌量打个折扣（裁缝的不必打），这笔钱等你到美国后我亲自还给你。杨先生处请你替问一声我欠学校的三笔欠款，（一）学费，（二）消夏团费，（三）消夏团借款五十圆，是否都在我这次还监督处的华币九十余圆中？据我的推想，第三笔恐怕还不曾归还，应当如何（或我寄给他，或怎样）办法？望他由你转告。我来了芝加哥，极其满意。教授虽很出色，我只选了一样功课（退了一样），我自己念书念得极高兴，我预定研究世界各国的诗歌，现在读荷兰的。单是这样小这样向不为我们所知的国家，我已经找到五种关于它诗歌方面的书。昨天下午看，这是我第一次正式的看，法文书。关于这方面的，整下午同晚上都用在这上面了。我如今有把握的至少有四十国。像这样过下去，过五年我还嫌少呢。我算是大学三年生，要学满十八样功课卒业，你来是二十七样。如若不作别事，每季学三样（照例），是很松动的，夏季也可以学两样。我每季顶多念两样，打算让它一九三〇夏天毕业，这我一点不觉不舒服。此地不比清华，功课多学两样并值得。生活方面也很节省，我如今自己做饭，方便之至。汽油火炉一点不脏，菜是现成的，自己买回来一作就好。如若自己不做饭，六十块一月也够了（买教科书在内）。从前听说这种地方钱不够用，那是一种宣传。至于不清静一层，我也不觉得，大学区离闹市是很远的。《语丝》还不曾收到，两包书想就可转来。你的几篇文我都看得上劲，我想有十来篇时，就可以出一本书，并且是有特色的一本书了。丛刊的稿子，望快寄给元度。并请告诉他《打弹子》《明妃三曲》《咬菜根》《梦苇的死》《书》《空中楼阁》《北海纪游》，以及《衢衢》各文，由他雇人抄出，（二十五字一行，每页十行，不要标点，我自己标点，段落照旧。）连原稿寄给我。（以及《木兰从军》，但不须誊抄。）丛书已向 ×× 接洽卖现款办法，丛刊稿件，你同皑岚以外，如有别的人，也可以酌量介绍到元度处。《洋》《文学周报》印错了几个字。（下略）

子沆　（一九二八）二月十六日

林率的文章也已寄去元度了，我同老柳的文章早寄去。李健吾处我也要了稿。

九

念生：

徐霞村，听赵景深说，去了庐山。我的信是寄去天津，并且我们搬了两次家，因此还不曾接到他的信，不知他的住址，刊物自然是要等他来信后进行。至于你的书，可以直接托赵兄向 ×× 接洽。皑岚的小说集，等仲明画好封面以后，我也是直接寄去上海，省得费时太多。（还是等皑岚同你两个的书寄去后再商议为妙，因为他们可以看书定价，这样空洞的交涉，他们也难出价。不过他们是可以现款买书的，从前我临走时，他们自己就曾提起过卖现钱的办法。你的书可以卖点力气作好，直接寄给赵兄，托他交涉。）（《友声丛书》第三种）皑岚的书，唐君右会直接寄去，我信里会代他向 ×× 交涉的。如他愿抽版税，可告赵兄。我这就写信给他，向 ×× 交涉拿现钱的办法，结果如何，由他直接告诉你同皑岚。他因 ×× 编辑事务太忙，已经辞职，但仍是照旧帮忙。他说他要译柴霍甫的全集。我的《三星集》已经寄去上海，《索赫拉与鲁斯通》在画着封面。本校《凤凰》杂志二月号中，登了我的两篇译诗：辛弃疾的《摸鱼儿》同欧阳修的《南歌子》。因为不方便，我就不寄了。昨天赵国材照例隔年的来了中部，请我们在二十二街吃了一顿中国饭。座上同贺麟谈起，他说他喜欢你的那篇《芙蓉城》，并且寄回了家去给兄弟念。关于你选业一事，我的意思很不劝你学图书馆学：因为将来作了一个图书馆长，你的时间便须一齐耗费在馆内，虽然事情不多，可以作文，但是闭在洞里，哪来的题材呢？学文学，高兴教书就多教两点，不高兴就少教两点，不像图书馆那般要枯守着。教完书以后，我们便一同到人世之内去探险，这才是无羁无绊，自由自在的文人生活呢。如若我的一个梦想能够实现，我们能同开一个出版合作社，找到妥当的人经理，那时不仅可以打定"靠作文谋生"这办法的第一层基础，可以渐渐脱离教书的生涯，并且与商界发生接触，我们创作的领土又可扩大一片。文人所最要注意的不外三件事，题材体裁艺术。三者之中，题材自然是主体。鲁迅没有别的贡献，他不过是头一个获得了一些纯粹国产的题材罢了。像你的《打猎》《钓鱼》各文，皑岚对于旧戏要打脸谱的解释，同他的小说，（林率的特长是讽刺）在艺术上虽然还赶不上鲁迅，但在采取题材方面已经很有点成绩了。我很希望你们都到这面来，我们可以一同探这西方都市生活的险。芝加哥虽不及巴黎伦敦那么古远，但它的秘密已不是我们所能尽行探得到的了。大学区生活清静，尽有休息同构想的余地。我得到你们来，可以创作出一种文学的空气，一定能多作些文章。你同××对于学校的课程感情本不大好，孤单到学校中去读书，大半会在胸中生起一种对自家的怀疑。（其实我们知道课程与创作完全是两件事，功课差并不见得创作跟着也差。说虽如此，事到临头，总免不了发生这种念头。怀疑一生，文章便决定作不出来。怀疑自己与生活空虚是创作的两个死敌。）我想我们在一起之时，活得高兴了，作的也高兴了，这种怀疑就是发生了，也很容易铲除的。林率的功课很好，到这面来也绝不会失望。教授既平均都好，可能早毕业。他赶快，我想只需一年半：因他来一定是插进三年级，每学季选课三种，共约十二时到十四时，夏季亦可选习两三种功课，如此到一九三○年三月底便可习满十八种功课，得"哲学学士"了。他的硕士如加油，可在那年冬天十二月底过年时候得到。还剩两年半，考博士是很宽裕的了。（我在罗校无成绩，照清华成绩插入三年级。）一季或半年后，便可一律每季十二时三种功课，因程度较高之课均为四时一礼拜。你同××学松动一点，每季两样，一年八样，三年也差不多可得学位了。（应二十七样。）他想多习语言的办法极好。西方的文学，不曾有过人好好的介绍，偶尔有点，也是十九由英文转译的。这同德文有八种《道德经》译本，英文有四五种译本相较，是多么可羞的事情。来西方学文学的人已经少了，少数人之中又有的中文欠佳，有的懒惰成性。并且这班人都偏于英文，攻习他国文学的少极。这一面我们应当努力。我很希望你们到这里来，作生活上的品尝，作创作上的砥砺，作学问的讨论。老柳也会来这里，增加热闹。李唐晏在耶鲁听说要研究意大利文学，这是一个很好的消息。我本来想学意文的，如今既知道了有人在这方面致力，我便决定不学了。希腊文我还是想学，因为哈佛那面虽然有人学古典，但据他说来，要拿元曲译希剧，这一定是会失败的。我最主要的工作还是创作同整理，我对于介绍方面只是求其在时间范围内能作得了许多事便做许多事。现今介绍的事业不过像别种事业一样，才在开始。将中国文学介绍到西方来，林率很可以作一点事情。李德明从前谈过一次，好像也肯努力于这种工作，以后，我想写信同他详细讨论一下。皑岚近来想必总作了些小说，可以加进《东镇》之内。谢文炳的意思劝他暂时不要印书，谢的作品我没有看见过，不敢讲什么，但皑岚作的小说，在当今的文坛上总是在水平线以上，印出书后，创作的兴趣更能鼓舞起来。关于《东镇》我的意见，都在以前一封信里说完了，不须再说。简单一句话就是：他很能采取到色彩丰富的材料，但要小心不可让人物类型化。《周二先生》一篇，我看可以删去。性的描写，莫巴桑极好（西方的文人大都如此）。他写时多么踏实，多么严肃。《金瓶梅》在严肃方面，虽然极其欠缺，踏实方面，却能尽量发挥。书中人物自然都是有色情狂病的，写来自是过火一点，但我们（那就是说皑岚同我）想想，这部书中描写 ×× 前后时生理上的变态是多么逼真：如说男子的 ×××××××××××，××××，××××，×××××××××××，×××××××，女子的眼皮半开半闭。这些的确是实情。林率同念生到将来就可以知道。现在我可以告诉他们一句：电影中看接吻，有时被吻的女子眼皮松下来了，那种现象便是同一道理。小说中说爱情，说一对情人喁语到最亲热的时候，男子可以从女子的身上嗅到一股说不出的香味，这便是她发中身上的香水味息与她的 ×××× 味息混合成功的。《金瓶梅》这本书，几乎成了淫书，是因为它的态度常时不严肃，终于不是淫书，便是靠了书中许多踏实的描写。

子沅 （一九二八）三月十九日

十

念生：

接二月二十五你同皑岚的信，均悉。我很喜欢你的几篇文章。近来这几天读文选读得上劲之至，今天刚好读到潘安仁的《射雉赋》，里面的一切很想拿你《打猎》一文中讲打野鸡的地方来参看，可惜手头只存《钓鱼》一文，无从参阅。还有一篇文注子内说杨坁容易上钩，肉却粗，鲂鱼肉细，极难吞饵，同《钓鱼》中说鲫鱼同黄鳝鰍鱼之处参看，很有意思。Walton's Complete Angler，在英文学书内是常听提到的，里面也说到同类的例子。你的这些文在笔路上，因初作之故，自然不曾逃出稚弱病。但是材料却极有价值，在近来文坛上尚不见有同性质的。将来年纪大了，观察深了，我很希望你能凭了忆得的，以及新获的材料，把乡村生活及乡人个性研究一番，作出不朽的小说来。你同皑岚在一方面得到极好的材料泉源，希望不要轻易放过。××在这方面起了一个头，骄气与溺爱使他不能作下去——我想也是他老了，所有的几句话都说光了，不然，怎不见他作出一本写乡村生活的长篇小说呢？我写给皑岚讲《东镇》长弱处的信，想必他已看到，我关于它的意思皆尽于信中。他自己情愿校改一遍，那是再好不过的事情，《周二先生》一篇，我希望他删去。《晨副》中我的各文，望不必理会了，将来《中书集》出版时，这种文章一篇也不会采入的。中国文学专号我已托了赵兄。号中我作了些《读诗杂记》，如《王维》《绝句》等，当时郑西谛说名字不动听，把它们分成了许多独立的文章，至今想来，还觉得不舒服。赵兄离去××，是因了事务太忙，与他译柴霍甫全集的工作有碍。据说他常去书店，大半不曾决裂。你的文集，可以直接寄给他，代为交涉卖现款的办法。我希望六月初寄美金二十给你，要月底才能到，寄京或沪，请告诉我。因为子惠捐款，我当初极力主张作为征诗奖金，没有成功。我碍于面子，捐了廿，才交五块，五月又不得不寄钱回家，因总共只去年寄过五十美金。希望你的书卖得掉，如是明年来美，那就好办之至。今天看校刊说提前游美没有照准，又要迟一年才能同你们见面，在情感方面自然觉得很不舒服，不过这一年之内，我很希望你同××在英文方面多下一番功夫，不仅因为将来大半要靠教它吃饭，并且来美之后有说不尽的占便宜处。不要多学语言文字，一种就够。（明德如性近，愿多学，来此学，比较经济得多。）中文也不要念，将来时候自

然多得很。我希望你们把这一年专门来读英文。你们两个如今正在要涉猎
的时期，自然是从看小说下手，要练习看快。如若觉得英人小说掉文处太多，
全年看翻译也好，（长篇）可以把上半年看好的英译小说，下半年可以多看
英国现代的作品。看多了，熟了之后，再看掉文的书或诗，自然就会一目了然，
作文时也自会动中规矩。初时，难免有时会失去勇气，慢慢地自然就大胆了。
我们要记着这是我们将来谋生的饭碗，探发西方文学的一柄很重要的钥匙，
勇气自然就会增加起来。并且看小说，每本看过半部之后，兴趣下自主的便
激引了起来，那时候文字上的困难便无形中渐渐的减退，英文也无形中进
步了。我们只要记着自己的中文，如今已自作得高人一等了，（如你的散文，
皑岚的小说，）难道再治一种文字都治不好吗？如此，勇气自然会鼓起来的。
明德的英文听说有了根底，我很希望他将来能在这方面作点事业。沈胡开
书店的计划，元度来信中也曾提到，不知进行到什么地步了。如若开出来了，
我们都有扶持它发达的义务，因为这是纯粹文人办的书店。我们在丛书丛
刊出了几种之后，应当就办杂志，那时候你们都在美国了，就是经费拮据，
我们自己也想得出主意来。我的《三星集》是二月初寄去上海的，就快得
到回信了。《索赫拉与兽斯通》在君右处画着封面。《文学周报》二九八
期有元度译的《小村子》，译得音调悠扬，想必你们久已看见了。林率有
意来芝加哥吗？极其欢迎。听说 × × 兄学文学，如今在打听芝加哥的情形。
我当时告诉曾远荣兄说此间英文学系注重考据，那是博士的事情，其余还
是像别处一样。我是比较文学，暑假中决定习希腊文。

子沅 （一九二八）四月三日

十一

念生：

听到你得了知心之友邓小姐，真是说不出的快活，从此你的热情有了归宿；并且我敢预言，中国的文坛一定又要多一员健将了。请你告诉我邓小姐是哪省的人，我好具体的想象你同她这一对儿见面时是应当怎样的一个情景。霓君处我便要通知与这个喜信，并且教她等着和我吃你的喜酒。我这方面所可说的不过是一些不快意之消息。××处是正式断绝往来了，因为他们觉得"条件太麻烦"。我们的书只好收存着，等两年后我回国开书店时候再印吧。《三星集》《索赫拉与鲁斯通》，我已托景深兄寄给霞村，再寄给你。你们看完后，请你寄给霓君。我的那首诗请不必管它了，将来我还会另抄别诗寄给景深兄的。曾远荣处我替你还了华币五圆，不知数目对不？我因译诗集不曾卖出钱来，这个月多寄了些钱回家，我下月最多只能寄华币二十圆给你，请每个债户来追时"点缀"一下，不过这笔钱要六月底你才能收到，我想你万一早动身了，只好请你托一住校的人代为分发一下。杨先生处请代致谢帮我忙之处，那笔钱我在明年四月前一定归还。皑岚，林率著作甚勤，这是好极，希望他们不要因此挫折而灰心。《新月》月刊方便就请寄一本给我看看，（必需时可寄还，）但特别去买则请不必。××处毫不曾听到他"闷"的消息，想不是民族便是恋爱，如是民族关系，我应当会知道。所以推想起来，总是后者。肚子忽然痛起来，皑岚处只好下星期再写信谈了。

　　　　　　　　　　　　　　　　　子沅　（一九二八）五月七日

十 二

念生：

　　你同邓小姐如今所处的地位最好。固然结婚后另有一种滋味，但结婚前的那段希冀与温存也是一样甜美。我们要知道，结婚的生活有几十年，很够过的，情人的生活却只有几年，千万不要性子急，且慢慢地过它吧。情人的生活越久，将来回忆的资料也越多。你遭了扒手，就中好像有天意一样，这一暑假的并肩生活，或是在荷叶香中泛舟，或是在绿树荫中耳语，想必得亦偿失吧。元度办刊物事不知能成功否？能成功时我们大家自然都帮忙，他信里就是这样说的。我的一部散文集子（评文不录），两部译诗，都预备回国后自己印。我如今自己做饭，极力省俭，想着将来不再受闲气。你同皑岚到美事，我盼祷它不要中变，那便书店定开成功了。——据我看，你们很稳，因为旧制只剩一班，何必出花头，并且美国退款情形不同，国民政府想必不至鲁莽。从文害病，自必是过劳了。他的《阿丽思中国游记》我很喜欢，见面时望把我的近况转告一些给他听。我的译诗你想看的时候，可告诉霓君挂号给你。我这夏天功课忙得紧，早七点就要起来，晚十一点才能睡。以后，我决不再选早八点的课了。希腊文很啰唆，却有趣。

子沅　（一九二八）七月二十五日

　　李德明同卢明德我很劝他们学文学，将来专力介绍中国文学，不知结果如何。

十三

念生：

今天看报，说有北大毕业学生黄天来打算由美国加州乘飞机横渡太平洋到广东，我听到真是说不出的欢喜。这次飞行不管成与不成，只要用一种无畏的精神去作，总是为祖国争光的。美洲红人据说是中国人，当初贝林海峡不曾分断时候过来美洲的。君右在加州时的先生，他那太太有红人祖上，她打算写一本书专论此层。这次蒙古地质调查团也证明了红人的文明同蒙古文明一样。照这样说来，美洲为中国人发现，久在哥伦布之前。沟通亚美以前是中国人的事业，如今又有黄天来。我想作一首诗给他。（诗从略）

子沅 （一九二八）九，二十六

十四

念生：

两次《辰星》都收到，见面只等半年了。你同皑岚明德，可把上学期成绩寄给我，并把以前各年成绩也教注册部抄出，一同寄来，我好预行替你们去各校交涉。国文功课，除非成绩特别好，否则不必抄。我害了一礼拜伤风，这是美国今冬的时症，芝校因此提早放假，我决定趁这二十天空，替子惠校对完他译的小说。下季起我要读四样功课，没有闲空。因为本季同那个教习决裂，我把他两样课一齐退去，必须下两季补起。现在你同皑岚元度都很活动了，我希望你们能替我设法把《三星集》《索赫拉与鲁斯通》送出去。《若木华集》望问景深我拿了开明多少钱，我极想省一笔钱收回。据《文学周报》

上景深作的统计，诗集极不行时。我上面的一番托付也不过尽我对自身著作的人事罢了，大半是不会成功的。你的创作我常看见，倒很过瘾。唯有皑岚，我只见到他一些翻译，看的不着痛痒，我实在很想多看他一些创作，以当见面。

子沅 （一九二八）十二月十五日

这半年务必多学作几样中国菜。

十五

念生：

信收到。邓小姐的照相，料想夏秋间见面时可以见到。那时并要从皑岚打听你们当中的趣事。还要与他联盟迫胁你交出至少一封邓小姐给你的信来，我们两个好瞻仰瞻仰。来信说的一见女人就兴奋，大家都有同感。这是因为中国向来男女间很少交际之故，过惯了也就好了。《送黄天来（籁）》诗请找一份给我。自己的文章印出来时候，看到有一种特味。《猫诰》英译已见到，印误大多。你因谋生不得不暂时搁下散文，那是无法。将来到了美国，我相信你一定还要续作的，这是一种有特色的新文学。我一定设法在五月初寄美金二十给你，存在霓君处的只有两本译诗。若是有人想印，未尝不可，不过由我们去交涉，那却犯不着。他们想印，我只有一个条件，一切标点都要照我自己的，万不得已，就一律用圈子，稿费请代寄与霓君。你同皑岚如缺钱置备行李，当然可以挪用一部分。我两年来缺乏伴侣，极感痛苦，秋天决定同你们一致进行。等你们上学期同以前各年的成绩单子寄到，由我代向各校打听了之后，总要你们满意的学校，我们便可同进。或希校或斯校或另有他校，六月底总可知道。专门念英文也好，社会对创作者本不可苛求，我们只要常抱着世界的眼光就好了。我法文德文以外还学了希腊文，但是我为了同样缘故，不预备再学下去，只专力于英法德三种外国文之上。明德是学文学吗？如是，我很盼望他能专攻民族的文学，或拉丁族，或日耳曼族，或斯拉夫族。我是秋季毕业，明年夏季考得硕士以后便想回去。史事诗应该早点预备，读书以史为经，以他种集子为纬，动手写总在三十岁左右，头一篇自然是《文天祥》。我读书的主要目的是搜聚史事诗材料，还有一个宾目的便是借此作一番整理古文学的工夫。翻译占诗作英文的计划我恐怕要舍去了，真教无法。要作这事，必得还要两年专门的文笔训练。一年半内我要一力念法文德文，除非将来再到美国或欧洲，回国后能否分些时候来做这件事，现在还不敢讲。总之我对它还不曾完全断念。我文学上的工作最要紧的是史事诗，其次是整理古文学，其次是介绍古文学入西方，其次是介绍西方文学。

子沅 （一九二九）一月十九日

十六

念生：

　　我近来思想起一大变化，以前专顾文学，不管其他的方针已经取消。自然我将来做事还是在文学一方面，不过社会中各问题，尤其是本国社会各问题，我决定多多研究。至少要知道有哪些问题，各问题实情如何，对他们我应当采取何种态度。即如移民，我今天看戴季陶的《青年之路》，才知道本部十八省的人口密度简直过似欧洲。又有华侨，欧人在亚澳两洲领土中是取怂恿土人与中国人鹬蚌相争的政策。又如留学生科目问题，文科无疑是远过实科，我如今自己反悔，当时不曾学得实科。不过从前家庭主张，都是拿个人生计来讲。我若是早知道中国最近这三十年最要的是实科人才，我如今决不会在这里学文学的。念生，你如今还来得及改。我劝你为祖国最近的三十年计算，把文学牺牲了吧。实科文学你都能做得出好成绩，那就应该舍文而取实。念生，我们中国是能作文的人多，能办实业的人少呀。你作的一些小品文，既然不行时，不过据我个人的眼光，它们实在在小品文界中发一异彩。

　　将来你有空，我还希望你不要忘记了它们。不过，念生，我以前听你说过一件事，可见你有科学的天赋，这点天赋在当今的中国真是无价之宝呀。就是明德老弟，我也劝他不要学文学，专攻经济学，或实科。他家里在南洋已经立有根基，他回去可说是轻车熟路。华侨的位置受帝国主义的欺凌侵略已经慢慢动摇了，我们应当如何把它保护着，并且尽力发展。要是舍去，不简直等于帮助帝国主义了吗？为祖国利权打算，明德老弟是不可牺牲的呀。他对文学发生了兴趣是很好的。第一将来经营实业觉得干枯之时，文学可以调剂生活。第二他在华侨实业界中一定能有很丰富的经验，那时候如有闲暇能写下来，真可在文坛上发一异彩呢。接霓君来信，知道《三星集》同《索赫拉与鲁斯通》在预备寄给你了。这也好，标点如不能照原，可一律改作圈子，最好只卖第二本。我五月的二十美金仍然是要寄给你的。卖书所得，除扣去我欠你的钱以外，一部分你同皑岚可以救急，一部分请代我寄给霓君。

我如今仍在希校，虽然不能同业，我却希望能同学。皑岚、明德我也希望他们来这里。你们可以先到此处交涉，结果不满意，尽可进西北大学，奥亥阿大学，或罗伦士，或威斯康星大学。西北就在城外，奥校八点钟的火车，罗校威校五点钟。车费当然由监督处料理。

皑岚同我生成了只能作文章，我们只好把五十年后的事业提前来做。他是作小说的人，自然应当住在大城里面，才可多见多闻。他寄来《认识》一期，我已经收到，小说的技术很有进步。他的长篇小说据广告看来就要印了，我很望早日见到。

杨先生处请代问一声我欠消夏团一共多少钱。以前我向赵国材交涉好了，由回国川资中扣还。他叫我查明款项多少再扣。后来音信毫无，怕是新旧交代中错过了。再请你问一句，我好把数目告诉梅贻琦。

子沅　（一九二九，三月七日）

十七

念生：

二月十八日信收到。出洋事据大家看来，都觉得不成问题，你请放下心来念书好了，把这半年苦过去就成。什么学校都可以，这句话实在很对。我们是念书，不是念学堂，所以我希望你们都到俄亥阿来。中国菜馆一出门就是，用钱很省。环境比芝加哥好得不知多少。五月一号准可寄二十美金。杨先生处我要由监督处在回国川资中扣回。明德要学商业，妙极。你学文学实业都好，现在不必理会，到了这里再定好了。为中国鞠躬尽瘁，这是我们早已选定的了。至于由哪条路前进，那都是一样的。"祁山"要是想印我的书，先由他们印《索赫拉》吧。但不必由我们勉强他们，初开书局经费不见得充足，诗可是卖不了钱的。总之，不要由我们发动就是。现在说两件琐碎事，治装时可买本国作铁箱，皮包，（钱少只买一箱一包，）三星公司藤包各一。衣裳只需做一套春季的，（不要由小店作，）颜色不深不浅，要 single lining，（好暖时可用），要两条裤。作两套最好，都是春秋季可穿。（夏季也能用。）船上穿脏一套，车上可以换。要一件毛汗衣 woolen underwear（union suit）好船上冷的时候贴身穿上。这等于本国的绒布小裌裤，暖和得多就是。不是 sweater。布汗衣 cotton underwear（union suit）半打。中国内衣公司衬衫五件 shirt，有钱可以做些绸衬衫。不要买硬领，全买软领，最低最好（low-necked soft collars）。有连领衬衫 shirt swith collar attached，五件中可买两件。不要白番布鞋，一双黑皮鞋就够。两双最好，（一双深棕色的，）不要草帽，一顶毡帽就成（felt hat 不是 velour hat）。帽子要十块左右，省得扔去另买。鞋子同一道理。有钱可做一件雨衣。船上车上平均两天要换衣换袜，省得外衣与鞋子生气味。我们这几个人都像是一家人，我从前又上过多少当，所以琐碎地说了一番。我有几件事托你们，市场或小市中请代买几个古钱，最多一角银币一个。另要一些中国风景或古物明信片，要好不要多，十张以内。另在上海有一种压发丝网，男人用的。便宜的只要两角小洋一个，请代买五个到十个。

（未署名）　（一九二九，三月三十日）

十八

念生：

我既然暑假就要回国，译诗集请不必忙着付印吧，将来自己印，总能印得如意多多。你这一番帮忙，我仍是十分感谢。你同皑岚，我大概秋天见不了面，因为我想绕道欧洲。要是路费不够，我们却一定可以在旧金山相会。说了一大截，还不晓得你们可已经听我告诉过暑假回国的原因否？这是一多由叔辅转告诉与我，秋天要邀我去武汉大学帮他忙，大概是教授名义。我将来看着时机到了，一定要怂恿××与×××脱离关系。我自己更是一直反对×××到底。明天星期五，下午无课，我去寄二十美金给你。望转告皑岚，《认识》两期收到了。我喜欢那一段写么子骑背的文章。近来看报，说黄天籁横渡太平洋的计划仍在进行，心里很舒服。

子沅 （一九二九）五月二日

十九

念生：

你到底是在西部停下呢，还是想东去？到底是决定了从事实业呢，还是照旧想研究文学？我以前早就讲过了，投身实业的人，虽然不能"研究"文学了，但到中年老年，还一样可以作文。你想，你那些描写郊野生活的散文，岂不都是你从前所曾"生活"过的，又哪是从文学里研究出来的呢？并且从事实业的人，只要他不是陋者，他总会在"公退之暇"，读诗读文，赏玩艺术的。我并不是说实业比文章高，然而在现今，实业确比文章要紧。

有了饭吃以后，自然是应该发展艺术文学，但是如今中国正在饿着肚皮，种五谷自然是要务了。我这十年内决定作些戏剧，批评，翻译，还要开书店，也是想在文学上作一点致用之业的意思。我相信你从事实业以后，将来一定会有很丰富的材料，作出很特别的小说诗文来。所以我们打算开的这个"作者书店"，仍旧要你做一根台柱子。我觉得你有一股奇气，那些散文便是一丝朝色在蛋白的晨光之内蕴含着灿烂之未来。我预祝你在中年做一个大实业家，到老年再做一个大文学家。我这来美的两年，改了三次学堂：第一次因为法文教科书里把中国人叫作"猴子"，我离开了罗伦士。第二次因为教授居然疑心到我不曾将借用的书归还，我离开了芝加哥。第三次彭基相说是闻一多要我回去武昌教书，我就不考了。稀奇古怪的事也看过不少，狂野，无信，下作，嫉妒，阴险，真是无所不有。恶疾之噩梦我也作过，醒过来之后，虽然知道了是虚，但那黑夜我到现在想起来，还觉得不舒服。罪恶这东西，我从前全是书生之见，以为极其浪漫，这次来了西部，看见了真的罪恶，才把银色的幻影一阵狂风给刮走了。这次旧金山的土案，又有某君带了许多图书馆里的书回国。又有某人自己偷了别人的信，嫁祸在无辜者身上。又有某人月入一百七十元，想向我买那张芝加哥来回车票的半票，我卖给×××了。他又向斯校某同学去买，这来回票共价洋九十元，照理应当每人出四十五元，他说："你从芝加哥来，一趟应当要多少钱？""七十八。""那么我付你十二块吧。"另有一个同学听到这个卑鄙调头，把他大骂一顿，推出门去。这一位是从前威士康辛的政客。像这样看来，将来回去了，还不是一个卖国贼。我看到这几件事情以后，把以前对于罪恶的浪漫见解彻底推翻了。那个土案中的女人，听说通五六种语言。拿书的是"哲学家"，"十二块"的也鬼聪明。由此看来，一个人决不可没有骨头。西方文学诚然也有颓废的一方面，但是像但忒这样有骨头的人也多得很。不说别的，单讲法国，中国现在一听到这两个字，立刻就想到淫书，巴黎性病等，殊不知那只是一相。就说卢梭吧，他小偷小窃，也犯得不少，他见了什么女人，就发生恋爱；但是他也有他的骨头：即如他作过一本书，犯了众怒，连他退避的乡村中，无大无小，都是见他出来了就叱他，在他后面扔石子；他硬起来，偏要在路上走，每天照样一毫不改。这不就是岳飞文天祥的精神吗？我以为现在国内对于西方文学的误解太大了，他们以为消沉，放纵的文学就把西方的文学包括尽了。殊不知伟大，雄浑，健强的佳作，西方更多呢？即如我近来把 Brieux 的戏剧三种的英译本重读过一遍，这三篇讨论的婚姻，生产，性病三个问题，多么严肃，多么如火如荼，这不过信手拈的一个例子罢了。回国以后，应当提倡将西方文学全盘介绍。这项工作我们的书店就该负最大的责任。赵景深兄是专力译事的人，我将来想在书籍方面帮他多多搜聚。

湘 （一九二九）九月五日

二十

念生：

我在这里每星期担任九时的功课，明年大半可以办外国文学系。此处气候很像北平，又没有灰，离上海只有一天半的路，离庐山只有一天。是王星拱的校长，他很想着实办一下。我月薪三百，听说从前最低不过打过一次八五折。家眷这几天就要来了，明年功课钟点还可以减少。你究竟如何？很想你详细地告诉我。初到美国，感想如何？要是你在西部停下了，有一件事很想托你，就是那个书箱子，请你赶快寄给我，由上海闸北天通庵路三丰里五号赵景深先生转交可以了。能直接由 Amer.Rlwy.Expr. 寄到安大，那自然是再好不过。垫款应当如何处置，请告诉我。

湘　（一九二九）十月二十一日

如你不在西部，寄箱事我就托皑岚。我一到，就买了些古董，如一锭明墨，一座新出土的陶马（"黄土的人马在四边环拱"这一句诗你可记得）。评《草莽》文在上海看见，以后详谈，大约的印象是全文都很有眼光。你同霞村的一段误会，我相信是起于你当时在爱情的纠纷中心绪不好，两边都是好人，何必呢？

二十一

念生：

旭初转来一信，知道一切。书店务必从现在起就努力，商务初办时只有三千块的本。杂志编辑与书店经理你能担任，那是很好的，做经理要不怕苦，不怕琐碎，文学，商业，印刷，这三种我以为都可学得。其中数印刷最好，不知你觉得怎样？我们的书可以暂时自印，托一熟书占代管发行，将来自己开店时候，再收回不迟。你的游记我很想早日看到，想必一定是同从前的文章一样新鲜，一样奇怪。评《草莽》的文章看见了，作得很有见地。如今按段申述我的意思：我从前是照例的为新诗悲观了一下，后来看到汪静之的诗，最近又看到戴望舒的，他们比起 ××× 刘梦苇郭沫若来并不逊色一毫，因之我又高兴起来。中国此时最需要自信力了，更何况有物可信呢。介绍本人一段中，谈及我性格之处很中肯。"他的情歌多是替别人写的"一句话，是替霓君占身份而说出的，我应当十分感谢。霓君是一个很好，很能干的女子，如其以友人的关系初次相会，我一定要对她发生恋爱的，不幸我们初次相见于不自然的制度之下。虽然如此，她仍有力量引起我十二分的敬意与十分的同情。她是一个极好的伴侣，我这一生决定不与她离开。不过刺激我却是少不了。诗行诚然不可一律很短，但是偶一为之，也觉得新颖。读诗会不能开成的声明，《采莲曲》的辩护，都是你细心体贴之处，我十分感激。《猫诰》一诗的体裁，我当时是采自外国，后来看到赵翼的诗集中也有这一类的谐诗。《王娇》确是抒情的成分多似叙事的，与济慈的《圣亚格尼司节之上夕》是同类的诗。近作《劝婚》一诗，却完全是心理的描写了。

湘 （一九二九）十一月二日

安庆东门宝善庵三十九号

二十二

念生：

信均悉。《现代文学》创刊号中看见你的短文，我觉得维多利亚的气息太重了。Faerie Queene 我觉得只有一个空漠的外表，内中毫无产物；我从前读它，只是因为那是一个文人应尽的职务。倘如你爱它，那很欢迎，我宁可读些现代诗人。《金牛》与散文集我还不曾看见。下年我如仍在安大，××事当然可以办到。

弟湘 （一九三〇，三月二十三日？）

二十三

念生：

英文信收到。我近来懒得写信。安庆又没有地方走动，真是闷坏了。开手译哈第的 Jude，年底可以译成。作小说我自知不合宜，我天生得不耐烦顾及小节目，不过译小说倒觉得有趣，尤其这本《诸德》，我十分心爱。译来更加增一层艺术的乐趣。××在纽约，你们碰到面没有？他不知已否有了订婚人或爱人，他家里有些什么人，都请详细代为打听。他对于恋爱与结婚，有些什么主张，我也很想知道。

湘 （一九三〇）三月二十八日

二十四

念生：

来信收到。《诸德》译了一个开端，听说有许多人在译，我早已不译了。一多到没有译它。这次去长沙，在汉口看了一次徐碧云。我如今对于旧剧很有兴趣，买了许多唱片，生，旦，净，丑，各有各的好处；大鼓我也喜欢。今年冬天，一定要去北方听戏。安庆这地方无聊之至，电影院都没有，有一个大戏班子，坏透了。人生这出戏我倒不怎么喜欢看，没有音乐，没有图画，没有任何什么，只是猴子在那里变把戏。

子沅 （一九三〇）六月三日